花开的声音

一位扶贫队长的工作手记

邢　毅◎著

安徽师范大学出版社
ANHUI NORMAL UNIVERSITY PRESS
· 芜湖 ·

图书在版编目(CIP)数据

花开的声音:一位扶贫队长的工作手记/邢毅著.—芜湖:安徽师范大学出版社,2021.3

ISBN 978-7-5676-4968-2

Ⅰ.①花… Ⅱ.①邢… Ⅲ.①纪实文学-中国-当代 Ⅳ.①I25

中国版本图书馆CIP数据核字(2021)第023959号

花开的声音——一位扶贫队长的工作手记 邢 毅◎著

HUAKAI DE SHENGYIN —— YIWEI FUPIN DUIZHANG DE GONGZUO SHOUJI

责任编辑:陈 艳 责任校对:谢晓博

装帧设计:丁奕奕 谢 宇 责任印制:桑国磊

插页题字:李家铭

出版发行:安徽师范大学出版社

芜湖市北京东路1号安徽师范大学赭山校区

网 址:http://www.ahnupress.com/

发 行 部:0553-3883578 5910327 5910310(传真)

印 刷:苏州市古得堡数码印刷有限公司

版 次:2021年3月第1版

印 次:2021年3月第1次印刷

规 格:700 mm × 1000 mm 1/16

印 张:7.75 插 页:2

字 数:102千字

书 号:ISBN 978-7-5676-4968-2

定 价:28.00元

花開的聲音

一位扶貧隊長的工作手記

序

初识邢毅，是我在县委政法委工作的时候。他在我的上级机关市委政法委工作，给我的印象是英俊、帅气、儒雅。几年前，听说他请缨到南陵县扶贫，担任扶贫工作队队长，并兼任籍山镇长乐村第一书记，我不禁为他捏了一把汗！曾经在乡镇工作过的我，深知面对千家万户，直接与百姓打交道的工作之艰辛、繁杂，工作性质与市委机关是截然不同的。一个没有多少基层工作经验，长期生活在城市的大机关工作人员，能行？

及至后来，不断听到对邢毅的赞誉之声，看到媒体报道他的事迹，尤其是安徽电视台播出那张熟悉的面孔，我委实吃惊不小，这是邢毅吗？

三年时间过去了，书稿《花开的声音——一位扶贫队长的工作手记》摆在我的案头。一页一页读罢，掩卷深思，感慨良多。无比朴实的字句，感觉都是从邢毅的内心深处流淌出来的，把我带到长乐村的田间地头，带到扶贫工作的第一现场。

要成为一位优秀的村干部，干群关系问题是一个现实问题，首先必须做到和村里的群众心连心。邢毅做到了！刚开始走访贫困户，邢毅充分感受到了老百姓对村干部那不冷不热的态度。然而，邢毅用他一颗赤诚的心，与老百姓尤其是贫困户贴近了心。你看：第一次到贫困户阿祥家走访，邢毅坐坏了一把塑料椅子，阿祥认为坏了就坏了吧，但第二天，邢毅却送来两把新椅子。事情好像很小，但阿祥觉得这个村干部似乎和其他村干部不大一样。阿祥说："就冲这点，我从今往后一定配合村里的工作。"以后上阿祥家做工作，哪有做不通的？邢毅上门为从小得了癫痫病的贫困户肖牛夫妇拍合影的那个场景，看后谁能不为之动容？你再看：贫困户的名单上有画了圈的，意为有点"麻烦"。几番上门之后，面对邢毅，夫妻俩眼睛湿润哽咽着表态："你对我们这么关心，我们知道好歹，也请队长放心，我们会尽全力配合村里的工作。"肺癌晚期的特困供养户老徐对邢毅说："我这辈子欠你的咋还？"简简单单的一句话，不禁让人深思：这中间，邢毅付出了多少心血？手记里还写了一只小狗"小花"，透过文中与"小花"无声的交流，能够感受到邢毅与已经离世的狗主人的情感，能够感受到邢毅那颗滚烫的心！我曾经与在长乐土生土长的村委会王副主任交谈过，他说，现在各个村民组以及长乐村的老百姓，邢书记比他们都熟。

要能成为一位优秀的村干部，必须做到能吃苦，吃各种各样的苦。邢毅做到了！农村的基层工作与机关工作区别很大，其中很重要的一点，就是农村的基层工作要艰苦得多。一个市委机关的公务员，离开舒适的工作和生活环境到农村工作，不亲身体验，是很难想象其中的酸甜苦辣的。你看，寒冬，自来水管冻住了，邢毅要提水上楼日用，洗衣服手被冻得生疼，伸出来让太阳照照再接着洗；半夜冻醒无法入睡，穿上衣服在房间里疾走，从半夜近一点一直走到清晨；走访村民至深夜近十一点，一个人骑行在乡村小路上，寒风吹得脸耳生疼，手冻得握不住车把。酷暑，原本可以坐在办公室吹着空调办公，如今，邢毅则顶着烈日行走在田间地头，饥一顿饱一顿也是寻常事，有时吃个早餐要到近十里以外的小镇上。文中馋了想吃马元羊肉的描述，看了有点忍俊不禁，却又免不了有点心酸……“苦其心志，劳其筋骨，饿其体肤”，邢毅都挺住了！

要成为一位优秀的村干部，必须能够处理好各种矛盾，解决好各种难题，需要有超常的工作能力。邢毅做到了！手记中的一些处理难题的记述看似简单，其实不然，桩桩件件都体现了他的智慧和能力。你看：建群众文化广场，村民代表各唱各的调、各吹各的号，提意见变成了发牢骚，但他简单朴实、推心置腹的一番话，迅即扭转了局面。靠着自己的智慧，他从一次次的迷茫中获得“重生”。这可不是一般的智慧，解决的也不是一般的问题，而是村里长期积累的没法解决的老大难问题。长乐村是野生扬子鳄保护区，一方面上级明令禁止在一些水塘里洗涤衣物，一方面是群众不准拆除洗衣服的水板跳，左右为难之际，邢毅“四两拨千斤”，问题轻松化解了。你再看，对要“退休证”的老人、跑到村部放鞭炮的老熊，邢毅总能想出一般人想不到的办法去解决。

要成为一位优秀的村干部，必须坚持原则，公平公正。在乡镇尤其村这一级，真正做到这一点，不那么容易。邢毅做到了！你看：过去村里的工程，定好的费用，结算时总会超出。邢毅来了，费用定下来多少就是多少，想超出？没门！“长乐村将不再充当‘冤大头’了！”何等铿锵有力！你再看：不该定为贫困户的定了贫困户，真正的贫困户却得不到扶持。邢毅来了，贫困户重新核实，群众来评议，不要动“歪心思”！一片叫好声！

三年时间过去了，长乐村已经甩掉了贫困村的帽子，全村四十一户建档立卡的贫困户也已全部高质量脱贫。村集体经济实现了零的突破，年收入二十万元，长乐村也由后进村迈入先进村行列。邢毅挂职扶贫的时间也到了，但长乐村的老百姓舍不得他走，他也十分难舍这片土地……

想起了一副楹联：有志者，事竟成，破釜沉舟，百二秦关终属楚；苦心人，天不负，卧薪尝胆，三千越甲可吞吴。

又想起了当年样板戏中的一句唱词：天下事难不倒共产党员！

是为序。

周卫华

（南陵县人大常委会原主任）

2020年4月

目　录

无 题

今天，来长乐驻村扶贫刚好一旬。早饭后，感觉裤子有点下滑，以前穿裤子从来不需要系腰带的，这是咋了？于是，去了村里最大的一家超市（实质就是一家代销店）。店主问我需要啥？我说有腰带吗？他茫然地望着我。我忽然醒悟道：

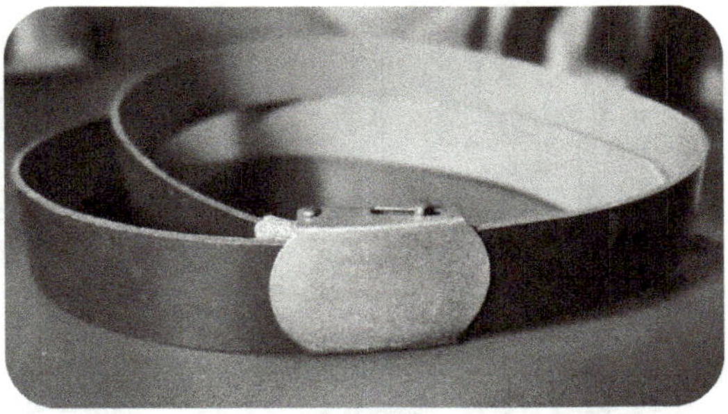

图为陪伴作者三年多时间的“两块钱”裤腰带。

“裤带子有吗？”他快速笑答：“噢，有，有！”说完熟练地弯下腰抓起一把腰带递给我。我看了看，感觉质量不怎么样，于是问有没有好点的。他并没有直接回答我，而是从中抽出一根来，用力地拉扯几下，口里嘀咕：“这是最好的，很结实的！”我问：“多少钱？”他说：“两块！”我差点“啊”出声来，付完钱，抽出一根，在手里拉了拉，自觉质量没问题，于是回宿舍擦拭干净，上腰系紧。

一个上午徒步入户调查村民情况，别说，这“两块钱”的腰带实用效果居然一点不比几百元的腰带逊色，我忽然对“只选对的，不选贵的”这句话有了新识。

一次无彩排的“曝光”

南陵县脱贫攻坚专场文艺演出于2017年5月12日下午2点在长乐村首演，我作为驻村扶贫工作队队长，陪同各级领导观看县文艺工作者为精准扶贫专门编排的歌舞、小品、戏曲等精彩节目。

图为送戏下乡的文艺工作者冒着酷暑为长乐百姓认真演出的画面。

这天天气十分炎热，四面八方的群众早早地把演出现场围了个水泄不通。不一会儿，我就开始大汗淋漓。望着台上演员不顾炎热，湿透了服装还在认真地演出，我拒绝了帽子和遮阳伞的呵护，只想用静坐观看的方式向台上的演员致敬。90多分钟的演出结束了，说实话，我被炙热的阳光晒得有点头昏……

近一个月后的某日晚饭时，镇上下派的队员聊起那天演出的场景：驻村扶贫工作队全体队员在大队长带领下和群众一起顶着炙热的骄阳看完演出，其表现受到在场不少群众的称赞，也赢得了长乐村“两委”成员们的刮目相看。

区区一次无彩排的“曝光”，竟然赢得了全体扶贫工作队队员的心，助推村“两委”与扶贫工作队并肩作战的局面迅速形成，这是我始料未及的。炙热的阳光突然变得温暖和煦……

抓住时机调解　避免“鱼死网破”

某日早一上班，我约上队友老张、王平前往洞庭湖自然村的一户徐姓农户家走访。前几天的一个上午，同村的一名农户前来村部反映：有人在他家鱼塘里下网偷捕鱼虾，他已将所有“赃”网收缴回家，并打“110”报了警；而那位下网的正是这位徐姓村民，之前他放出话来说：该塘没有任何私人放养的标识，是无主塘，也有其他人在此塘下网，谁“偷”了他的渔网，要自觉送还，否则将买药水毒死塘里的鱼虾。

图为作者与洞庭湖村民组鱼塘主人夫妻俩交流的画面。

为了防患于未然，我决定立即登门了解情况，并打算顺路将徐姓村民的渔网取出先送回去。

见我们登门，徐姓农户十分意外，看见我们送去的渔网后，明白了一切，连忙说：“让大队长亲自将渔网送上门，真的不好意思！”并主动说，“那天，由于生气，说了几句过头话，还望你们谅解！”我接过话茬：“原本不是什么大不了的事，解释一下，相互就能谅解和好，你要真是买药水毒死塘里的鱼虾，瞬间就把事情的性质改变了，极有可能演变成一起刑事案件，后果将不堪设想！我得知了此信息，不敢怠慢，所以立马赶过来了！”徐姓农户听罢我的一席话，立刻显得不安起来，并抬起双手急速摇摆，口里不停地说：“当时我确实很生气，但我绝不会去做，就冲着大队长上门把渔网送还给我，我保证过头的话不会再说，请大队长放心！”此刻，我和队员们都松了口气……

椅子的故事

今天记的这件事，与我第一次到阿祥（化名）家走访，一屁股坐塌了他家一把椅子的囧事有关……

图为作者与阿祥夫人交流的画面。

村计生专干向我求助说：“大队长！一户叫阿祥的贫困户，符合二胎条件，需要去镇上集中体检，可电话通知他，好说歹说他就是不同意去。我急死了。不去就要扣村里分，影响计生工作考评成绩，咋办？”我说：“哪天去？需要我做什么？”她腼腆地说：“明天上午7点半，我相信大队长有办法让他们夫妻俩参加体检！”我听罢，笑笑算是应允了。

次日一大早，我一人骑上电动车前往阿祥家。在驻村的这段时间里，我可是没少跑这些2016年就已经脱贫的贫困户家，所以，每家每户的具体位置我都了如指掌，每户的成员我也十分熟悉。停好电动车，进门遇见阿祥的媳妇，一位因小儿麻痹症导致残疾的外地妇女。一番客气过后，我问她：“你家阿祥呢？”她说：“不在家，去田里播种去了。”我骑上电动车去找，可转了一圈，也未见到阿祥。折返回阿祥家，他媳妇说：“那可能在杨老师家后面的田里。”于是我又骑车来到杨老师——另一位2016年已脱贫的贫困户家中。杨老师知道我的来意，坚持陪我一起去找阿祥。我俩抄小路，很快就见到一瘦高个人影正在稻田里忙碌着。杨老师一声高喊：“阿祥，大队长有事情找你！”话音未落，就见稻田里正忙碌的身影直起腰转向我俩，应了一声：“什么？我没听清楚。”只见他左右摇摆，转身几步走上田埂，很快，我们就汇合一处。

我说：“阿祥，起得真早，在忙播种呀！”他应声：“是，家里没人下地帮忙，只好一人忙八亩多的晚稻播种。前几天，周边的大户开机子下田播种，把我的路挡住了，所以耽误了几天。这两天连续高温，只有起早干，不然中午就热得没法干了！”我接着话茬：“的确，你一人干是挺辛苦的！这次计生体检也是给贫困户的一项惠民政策，你们夫妻俩正好符合条件，所以应该积极配合计生专干把这次体检任务完成好。如果你不去，他不去，计生专干就要挨批评，村里还要被扣分，你说说冤不冤？你这活虽然迟了几天，但今天上午你不是已经干了一些，就当是休息一下，既享受了政府的惠民政策，又可以支持计生专干的工作，对你们对村里均是好事。你常说，你们夫妻俩今天的好生活要衷心地感谢党和政府，参加支持村里组织的活动就是最好的感谢！”在一边的杨老师也开口：“大队长说得完全正确，你们既然符合条件，就应该按要求积极参加。大队长他们驻村扶贫，给我们办好事，我们只有支持他们才是感谢！”阿祥连忙解释：“我不是不参加，只是农活耽搁了几天，我一人怕忙不过来，错过了时节。听大队长的，马上回去叫上媳妇一起去镇上参加体检。”我笑着说：“这就对了！我们必须相互理解，相互支持，才能把工作做好！天太热了，也为了节约时间和费用，村里将安排车辆来接你们和其他人员集中去镇上体检，你们就在家等着。”

中午吃饭时，计生专干自言自语：“今天真倒霉！一个上午因体检点停电，跑了一趟空，白白地浪费了半天。回来路上，三对夫妻，只有阿祥牢骚满腹。我一再解释，明天应该不会停电，请他们再支持一下，唯有阿祥没有表态。我担心阿祥明天会变卦。”我听罢计生专干的一番话，知道了她的心思。

晚饭后，我约上老张朝阿祥家走去。当我和老张站在阿祥家门前时，他媳妇见我俩大汗淋漓，急忙拿出矿泉水招待我俩，还一个劲儿地说：“真是不好意思，大热天，让大队长你们跑来两趟！这箱矿泉水是阿祥的姐姐买来给我们防暑降温的，你们先降降温吧！”我问：“阿祥呢?”她说：“在田里播种晚稻还没回。”我问清楚了地点，放下手里未动的矿泉水，和老张去了稻田。

没走多远，就见到了弯腰拉着平板车的阿祥。见到我俩时，阿祥站停，连忙说：“大队长，你们为我们好，我感激不尽！平时，我只顾在外面忙，家里很少管，听媳妇说，大队长刚来我家时，把我家的一把塑料椅子坐坏了，其实，那把椅子本身就坏了，没把大队长摔着我才安心。不曾想，大队长你们很快又送来了两把崭新的椅子。就冲这点，我从今往后一定配合村里的工作。请你们俩放心！”我和老张点点头说：“谢谢！今天的事情还请多理解！”阿祥说：“不怪你们！停电事前谁也没料到，明天我再起早点，先下地忙一阵子，然后按时在家等村里的车，请大队长放心好了！”

返回的路上，我和老张回忆起第一次走访阿祥家时的情景，回忆起那把椅子……不曾想，两把新椅子居然“助力”了今天的思想工作！

传说与现实

马元，是我来南陵扶贫以后才知道的一个地方。

在古老的青弋江上，有上下两条支流在南陵境内蜿蜒前行汇入长江，这两条支流自古以来既是这片水乡泽国万顷良田度汛分流和引水灌溉的重要水道，也是这片水乡最主要的交通运输水路。因水而兴的马元老街就坐落在其中一条支流河道的圩堤边，老街背面河道边的码头渡口，叫马元渡。这个码头渡口原本是南陵县太丰乡和芜湖县红杨乡居民往来的码头渡口，也是两岸居民通过水路上行西河、弋江两古镇，下行芜湖县城湾沚镇的船码头。

据说在南陵，羊肉有名气的不仅仅是弋江三老太羊肉，还有县城十字街上的驼子炭火羊肉和马元白切羊肉。马元的羊肉味道独特，想去吃就要起早，否则就吃不到，也吃不好！

我从知道马元白切羊肉那一刻起，每每就想着哪一天去马元品品羊肉解解馋。驻村扶贫一晃19个月，一直没有了却去马元吃羊肉的心愿。这天下午，迎接全省第三方评估准备工作基本就绪，忽想起了马元，于是，邀了村里的“战友”第二天早晨4点半一起去马元吃羊肉。

我准点起床，一位“战友”居然凌晨2点多就醒了，人齐以后如约前往。一路上很顺畅，约莫半小时的光景，我们就抵达马元街道。主街长也就几十米，站在街头远望，亮灯的也就两三家，都是羊肉店。整条街冷冷清清，没有传说中的人声鼎沸。

图为马元街道。

我们选择了一家人多的店进门，要了一斤白切羊肉，每人下了碗羊肉面。店家是位60多岁的女主人，快人快语，干事麻利。她一面照看锅里的面，一面从盛满一块块羊肉的大盘子里取出一块，放上台秤，很准，刚好一斤，然后将一瓢凉水倒进翻滚的面锅里，砧板上的羊肉被三下五除二切成一口一块的小羊肉，装进蓝边瓷碗，再从冒热气的羊汤锅里舀了一瓢热汤，只见她端碗的手一晃一晃，快速将热汤均匀地浇在碗中的羊肉上，撇掉热汤，重复一次，再用汤瓢舀点生抽，沾点盐，抓了把香葱，又用小瓷勺舀了点稠稠的水磨辣椒，不一会儿，一碗马元白切羊肉就完成了。望上去，还真是有点馋。面条就是市面上的机制筒子面，清水煮熟装碗，夹几块白切羊肉放到面上，马元白切羊肉面就做成了。连肉带面，扒上几筷子，热热的、辣辣的，面肉交织的香味，从嘴巴一咕噜地流过食道直奔肠胃而去，不一会儿从胃一直暖遍了全身。

正闭目静静地体会马元白切羊肉面美味的当口，男主人，年龄约莫不到70岁的长者，和我们主动搭讪："你们不是本地人吧？"我回道："不是，慕名而来，听说吃马元羊肉要来早，否则吃不到，是吗？"老者坐定，喝了口茶说："白切羊肉和大锅羊汤面是马元街道上传统招牌小吃，每年白露节气一过，老街大锅羊汤面店就开张了。马元白切羊肉对羊肉选材特别有讲究，专挑吃本地河滩河埂青草长大的羊。这种本地散养的羊肉嫩皮薄，有一种特别的膻香味。马元白切羊肉一直沿用大火大锅清蒸卤煮的烧法，用柴火大火大锅蒸煮羊肉，火候掌控要恰到好处。大火大锅蒸煮出来的羊肉汤，清纯色淡，油星稀薄，散发着羊肉脂膏的清香。不用细说，吃第一锅羊汤面自然是最味美的。大锅清蒸卤煮出来的羊肉，鲜白爽滑，皮香肉嫩。这样烧出来的羊肉，只能有一种吃法，如果想改变吃法，就没有这种独特的味道。马元的白切羊肉你只要吃上一次，这羊肉的缕缕清香就让你整个冬天都对它牵肠挂肚。随着205国道边的许镇老街发展和东太公路的开通，水乡陆路交通发达起来，马元渡口便没有了往日喧嚣热闹的情景。马元街道上一些商户也将资本投向了县城和大集镇，转移了经营地点。老街全天候的街市也渐渐演变成了'露水街市'。我在马元开羊肉店40多年，其他5家都是我徒弟，我家店开得最早也最正宗。当初，每天早晨面条能卖出40斤，卖完歇业，来迟了肯定吃不到好汤。虽然现在的食客少了许多，但是我俩岁数大了，不想离开，能干动一天就做一天，干不动了就不干了。"老者的话语中透出了无奈……

我看看时间已经6点多了，一共十张桌子，也就十来个人。深秋的清晨，马元街确实多了几分凄凉。

冬天手洗衣服的“滋味”

不知是哪节水管冻住了，在村里居住的二楼已经两周没有自来水了，只好每天从一楼用5升的矿泉水壶提水上楼日用。

图为因二楼自来水管上冻洗衣机无法使用，只能在一楼忍受着刺骨寒冷手洗衣服的画面。

为迎接全省市际交叉检查，已经熬了数夜的我午饭后去村上唯一的浴室，好好地泡了把热水澡。换下来的衣服，只得手洗。很久没有动手洗衣服了。

一楼厨房内有个不大的水池，我先用热水将水池里的油污冲洗干净。刚开始搓洗已经在温水中浸泡一段时间还冒着热气的衣服时，手还是舒服的，可不久改成了自来水漂洗时，手开始抵挡不住冰冷的刺激，一种说不出的疼痛钻进了骨头缝，不一会儿我就坚持不住了，在太阳下伸出双手照照回回温，手发热了再去继续漂洗。几个来回后，我竟然慢慢适应了这种难忍的冰冷。三五个来回结束“战斗”，衣服一件件地挂晒完，手已经暖和起来……

患难夫妻的真情流露

丈夫，肖牛（化名），2016年脱贫户户主，一位56岁地道的庄稼汉子，因为很小的时候得了癫痫病，目前已丧失劳动能力，因常年服药，精神有点恍惚。妻子，穆兰（化名），1966年出生的一位农家妇女，因身体病弱，不能种田，只好去7公里外的县城做点家政。近日，在扶贫走访中，我告诉肖牛，哪天等他家属回来，我可以给他俩拍张合影……

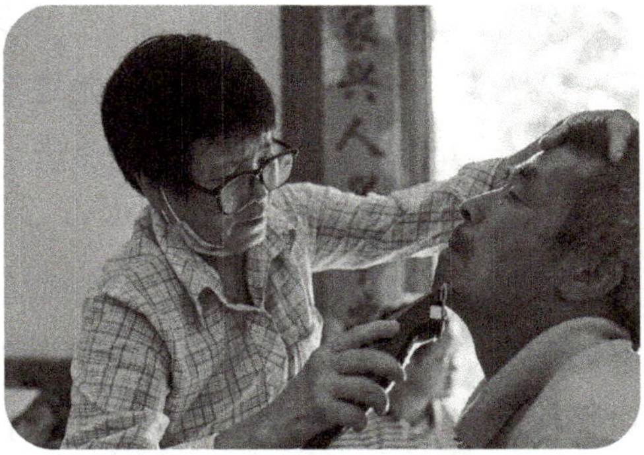

图为穆兰给老肖剃胡须的画面。

某日一大早，一陌生妇女来村部说找我，我愣了会儿，忙问："有事？"她快人快语："你是邢队长？"我点头，她开心地说道："你答应给我们拍张全家照的，我今天一早把上午的活干完了，请了半天假就赶回来了。"我说："噢！是是是，你是老肖的家属穆兰！"她连声说"是"，声音硬朗清脆。我连忙取出相机，随穆兰朝汪村组方向走去。

来到肖牛家中，老肖流露出少有的喜悦，只听穆兰嚷道："老肖，你咋成这样，胡子多久没有刮了？头发也乱，我不在家就是不行！"说着一面拉椅子叫我坐，一面走进里屋，很快手里拎着一个布包出来。她走到堂间的大桌边，打开布包，剃头剪子、围脖、梳子等，一一熟练地摆放桌上。然后她哈口气，用衣角来回擦拭一下眼镜镜片，将老花镜架到自己鼻梁上。剃须刀通上电，推上开关，只见穆兰娴熟地来回几下，老肖的面部就清爽了许多。穆兰问我老肖的头发是不是也碍事，我说不碍事。话还没落音，就见她端起水杯，呷了一口水，"噗"一声，口中水在压力的作用下，变成了水雾，快速在老肖的头上落下。穆兰手握木梳，迅速在老肖的头上来回几下，一会儿工夫，老肖已经"脱胎换骨"，真让我吃惊不小！

"邢队长，你看在哪里照？"我这才又回到了现实，连忙说："搬条凳子，就在院子里，背景就是你们改造后的新房吧！"夫妻俩坐定，我看了看，于是就说："靠近点，显得亲热点！"老肖憨憨地一笑，穆兰却说："谁跟他亲热？"但身子还是往老肖边上挪了挪。我接着说："老肖的病，你啥时知道的？"她答："结婚以后。要是事先知道，我才不嫁给他！"我问："那为何知道了，还不放弃？"只听穆兰真诚地回了句："他对我真好，舍不得了！"

不知不觉中，我拍了几十张一对患难夫妻不离不弃的美好瞬间，谨此祝福他们白头偕老，幸福安康！

三遇“寒冷”，意志坚强

南陵昨天中午开始落雪。今晨起来，长乐被白雪覆盖，打开房门，直感到寒气逼人。

图为作者走访洞庭湖村民组村民的画面。

记得第一次在长乐“遭遇”寒冷是2017年初冬的一个深夜，冻醒了才晓得停电了。于是我起床，穿上衣服，来回在房间里走，累了稍歇会，冷了继续走，从午夜近一点一直走到清晨……

这之后没多久的一天，我接到镇办电话，交办一项矛盾调解任务。于是一番周折后，与洞庭湖村民组的当事人约好，需等她晚上9点下班后才可见面。那晚交流得很顺畅，不知不觉已是深夜近11点。一人独自骑行在乡村公路上，天很黑，伸手不见五指，且寒风阵阵袭来，吹得脸耳生疼，忽生了想家的感觉，回村部的路不太远，可手已快握不住车把。这是第二次“遭遇”寒冷。

第三次则是2017年12月的某日，本想上午迟点骑摩托去长乐，不曾想村里有急事处理，于是清晨6点半就从家里出发了。路上车辆稀少，更难见行人，骑着骑着，就感觉到了寒气逼人。先是包裹严实的身体开始感到寒冷，随后就是手脚不灵光，心里不断给自己鼓劲：看看自己耐寒的指数有多高！一个小时多点，我不断给自己鼓劲，最后终于顺利抵达村部。停好车，我的手明显开始不听使唤，整个身体都变得僵硬起来，并开始颤抖，越来越厉害……

平息“麻烦”事

来长乐驻村扶贫已经一个多月了，接通知省检查组这几天来中期检查，于是我们加快了对2014年和2015年已脱贫农户的走访。

图为作者与尤立夫妇交流的画面。

村里考虑到一些具体情况，特地给我排了个走访名单，将28户分成了三类，一类可登门，一类不确定，一类慎登门。我一边看着一串陌生的名字，一边听着同事的介绍，我问“慎登门”的名单里还特意在尤立（化名）这个名字前画了个圈是何意？同事介绍说有点“麻烦”。

我和队友抓紧入户走访，因为他们住得比较分散，于是我们先把这28户标注清属于哪几个村民组，然后一个村民组一个村民组地走访，先易后难，先远后近。有时一趟还不成，农户不是出门不在家，就是下田去了。连续几天，我早早出门，午饭后放弃休息连续作战，晚饭后继续完成当天未完成的定额。几天下来，虽感辛苦，但我心里踏实，更没有遇到“麻烦”。

一日清晨，村书记急急忙忙通知我，尤立放出话来：知道省里检查组就这两天来长乐，要半路截住省里领导，引他们来家里“做客”，让领导们评评理，有哪家比他们家还困难。村书记问我咋办？我思考片刻，决定叫上队员老张先去实地走访一番。

这是一处1998年“灾后重建”的小区，尤立就住在小区大门里的第一家，两层楼房，约140平方米。尤立夫妻俩都在家，好像是知道我们的来意，没有意外，也少了盛情，不冷不热地引我俩进了客厅，坐定，男主人便问：“两位领导来，有事？”老张说：“没事就不能来走走？”我接过话题：“前两天，也是这个时候我俩来过，临走时，我要求你夫人把自家门前的卫生搞搞好，今天来看看搞得咋样？我的评价是有变化，但不大！”女主人急忙说：“这几天村里要求把公共卫生及沟渠边垃圾清运干净，很急，加上下雨，家里卫生没有太多时间搞。请大队长放心，我会尽快按照要求把自家的卫生搞好。”我说：“不急，先拣要紧的忙，有空再抓自家的卫生，关键是要保持，年底要是家里卫生发生了大变化，我带领工作队来颁奖。”

男主人喃喃道：“没啥事，又下雨，才来没两天，今天又来聊聊？”我看出尤立的心疑，便说：“那天来，我们只是简单地聊了聊，相互间认识一下，关键的问题没有说。”尤立急忙问：“啥关键问题？”我说：“你们夫妇对驻村工作队和村‘两委’工作有何要求和意见？今天我和老张就是专门为此而来。”

我的话没落音，女主人就接过话茬：“我以为是为昨天下午我去村部找干部评理的事。刚好大队长你今天来了，你评评理吧！”男主人急忙插话说：“村部打围墙，把我的十几棵树给锯了，啥时给我补偿？”夫妻二人你一句我一句，我急忙抬起双手上下摇摆，打断他俩，说道：“今天的聊天定个规矩，一个一个说，女士优先，男士随后。今天给你们时间说，不急。不讲秩序，你们也说不好，我们也听不清。”女主人开口道：“我先说要求和意见……”

想说的话太多，一时间不知如何说起，加上长乐方言，我是费了很大的劲才梳理出女主人的意思，一条一条地和她核对无误后，问她还有意见吗？女主人干脆地回答：“没有了。”我转身请男主人补充，他摇摇手也说没有了。我说：“好！再想起什么，随时去村部找我！”于是我再次重申女主人提出的三点要求：一是被锯的自家树木，村里要照价赔偿；二是加班加点清理通道，需按照劳动实量付工资；三是逢年过节，希望村干部来家里慰问一下。一条意见是：村里的干部不要老是嘴说，不见行动和结果。我再次征求了夫妻俩的意见，他俩同声回答：“没有了！”我接着说：“我把第一、第二个要求带回去尽快核实后回复你俩。关于第三个要求，我想说两句。我也有女儿，当自己在外辛苦忙碌回到家，看见活泼可爱的女儿，迎上来叫一声‘老爸回来了’，此种快乐和满足感溢于言表。我第一次来，看见了你们女儿的现状，我十分揪心，因为贫穷导致了她现在的残疾，生活无法自理。从那一刻起，我就暗下决心，你们的女儿也是我的女儿，我自愿参加到照顾她的行列中来。逢年过节，我会做到来看看她，看看你们。”可能是我说得动了情，也可能是真诚的态度感染了他们，夫妻俩都眼睛湿润了，女主人哽咽起来。尤立夫妻俩断断续续地表态：“大队长，你对我们这么关心，我们知道好歹，也请大队长放心，我们会尽全力配合村里的工作。”

看着这对普普通通的长乐农民，我也心酸起来。凡事要及时加强沟通交流，绝不在善良淳朴的长乐百姓面前轻易许诺，“说到就必须做到”的信念从心底油然而生。

引领的重要性

为建设长乐村群众文化广场，某晚7点，涉及的村民组30多位村民代表参加的征求意见会议如期召开。

图为作者与袁陈村民组村民代表交流建设群众文化广场一事的画面。

村书记开场说明建设群众文化广场的意义、文化广场的规划，当请各位村民代表发表意见建议时，会场瞬间沸腾了，你一句，我一句，话题从建设文化广场是大好事，村民没有意见，很快就变成了埋怨，会场一下子变得有点混乱。

此刻，县里挂职的同志低声叫我：“大队长，你说两句吧！”于是，思考片刻，我开始提高嗓门说道：“各位，请安静一下！我们扶贫工作队要在村里住上3年，有的是时间听大家反映需求。今晚请大家来，就是想听听大家对建设长乐村群众文化广场的意见，既然大家都认为是大好事，我想也就是同意了。这样，请村里做个会议记录，让今晚参加会议的代表签个字。与今晚会议内容无关的，欢迎大家来村部反映，可以向村委会说，也可以直接找工作队反映，你们说好不好？”于是乎，看似要失控的局面就这样给控制住了……

为邹妈妈点赞

昨天下午，调解完两村民的矛盾，感觉有些疲劳，于是我独自走出村部，无目的地前行，忽被村里一超市老板娘的招呼声拦住，只听她高声说道："书记这是去哪里？自来水什么时候能够正常使用呀？"于是我一边应着，一边走向超市。超市其实就是个小卖部，只是门楼上挂着"长乐超市"的招牌。店门口有几位村民正在聊天，见我走近了，都把目光集中在了我身上。我没有急着搭腔，而是从店门口冰箱里取了一瓶绿茶，拧开瓶盖，一仰脖，深深一大口，突增一阵爽快，然后我接上话茬："原以为从县里接来一根8公里长的自来水管就能解决长乐村长期饮水困难的问题，殊不知，大家还是没有如愿使用上清洁、便捷的自来水。我深入一了解，原来的情况是……"

图为驻村扶贫工作队队员骑电动车在村民组之间穿梭走访宣传的画面。

很快，付了钱，两瓶水下肚，围观的几位群众在理解声中离去，剩下一位老妈妈没走。我仔细打量她一番，年纪应该有70岁，身边的一只竹篮子吸引了我的注意。篮子里面有什么东西被一块毛巾遮挡住看不见，可毛巾上一堆鸡蛋壳尤为显眼，于是我问道：“大妈，这鸡蛋壳有什么用场？”大妈见我问话，便笑笑答道：“没啥用，孙子在城里读书，平时我给他做饭吃。这不明天休息，我回家一趟拿点菜和米，给孙子煮的鸡蛋剩下一个没吃完，我带在路上吃。公交车上没处扔蛋壳，我就放在篮子里准备带回家扔掉。”我听后情不自禁地竖起了大拇指：“大妈，给你点赞！你比某些城里人的素质还要高！南陵县争创全国文明县城，如果多了像大妈你这样的百姓，就大有希望了。向你学习！”一番话说得大妈一脸不好意思，她急忙说：“这位大哥真会说话，我觉着车上挺干净的，把蛋壳随处扔不好，就放进了篮子里，这很正常呀！你这一说，我倒感觉像做了件大好事，怪不好意思的。”

“对了，小小的一个举动，就是件大好事，人人都像你这样，我们的环境不就整洁漂亮了吗？”我说道。短短的几句交流中，得知老妈妈是隔壁三连村祥丰组的村民，姓邹，在超市门口下了公交车准备转车回家，走路要一个多小时，年轻的时候由于劳作过度，一双脚现在走长路很困难。于是我说道：“向你学习，从我做起，我送你回家……”

迷茫与重生

图为长乐风光（一）。

我来村里扶贫已经一年半了，在处理一些事情时，有过迷茫，印象深刻的有三次。庆幸的是，一次又一次，我凭借智慧在迷茫中找到了出路，有了些“重生”的感觉。

第一次迷茫与重生

那是刚驻村扶贫不久，每日数十位村民接踵而至，来村部找新来的书记反映情况，或泣不成声，或唉声叹气，或没好气地宣泄和数落，焦点集中在对村“两委”工作的不满，最终落在要求给予扶持上。整天我的耳边满是：哪个哪个有车有房吃低保，哪个哪个有儿有女吃低保……一天两天还能应付，没过一周，我就精疲力竭了。每每这样，遇见老百姓来倾诉，自己还要强打精神，热情接待，认真聆听，做好笔记，好言相劝，答应了解情况后尽快回复。

一日，忙到夜深人静才上床，刚躺下不一会儿，就梦见被几位村民追着跑，边跑边喊着："书记，书记，我要吃低保。"我拼命在前面跑，后面的村民紧追不舍，跑着跑着，我就醒了，一看时钟，才凌晨2点多。我一骨碌爬起床，用冷水洗了把脸，顿时感觉清醒了许多，于是坐在椅子上静静地思考起来：不能再这样下去了，否则，要影响我的正常工作。瞬间我心生一计：集中人员和精力，从全村现有低保人员入手，一户一户摸排，彻查不符合低保条件的人员，看看到底有多少人，再一批一批依法清退；同时，逐步将真正困难的群众纳入低保队伍中来，还长乐百姓一个公平公正的低保"进出"动态机制。想好以后，说干就干，其间我还调整了工作策略，将村"两委"成员调离摸排队伍，全由扶贫工作队队员与村民组长负责完成。很快，第一批不符合条件的低保人员按程序被清理出去后，我的"接待"任务立马减轻了许多，第一次尝到了"重生"的滋味。

第二次迷茫与重生

一日清晨，几位洞庭湖村民组的中年妇女聚集在村部大门口，大声嚷嚷要见书记。我疾步下楼，径直走向了她们。只见一位50多岁的妇女，迎我几步，开口说道："邢书记！你评评理，有儿有女，家里条件不错，怎么就给他改造房子？我们家条件不好，房子多处漏雨，房顶都能见到天，已经不能住人了，向村里反映了多次，就是不给解决！这是什么道理？邢书记，今天必须给我们个说法！"紧接着，几位中年妇女你一句我一句，七嘴八舌吵开了锅。

我一边安抚激动的村民，一边接着那位妇女的话茬说："你们反映的情况，我先来了解一下。过几天，我去一趟洞庭湖，实地走访了解事情的真相，再给你们答复，好不好？”大家听罢我的一席话，都表示：“书记这样的答复，我们满意，但可不要骗我们呀！”“我承诺一定给你们尽快回复。”说完几位村民这才离去。

事后了解，起因是刚刚接受危房改造的洞庭湖一户低保户，家里虽有儿有女，表面看条件尚可，但老夫妻常年生病，花费了不少医药费。尤其是前两年男主人患上了癌病，经济上更是雪上加霜。恰逢此刻，其房屋又多处漏雨，于是村里帮助他们翻修房屋。虽然这户人家符合危房改造的条件，但包片干部在开展危房改造工作中没有处理好其他群众的诉求，接受危房改造的这户人家也没有向周边群众解释好实际情况。

虽然暂时平息了洞庭湖的危房改造矛盾，可在一段时间的走访中，遇到的最突出的问题是：一些村民家的房屋确实存在住房漏雨、开裂等现实问题，但由于不符合政策支持条件，所以无法得到帮扶。在扶贫督查中，这极有可能会成为新的问题，必须强行纳入整改工作中。可没有政策支持，又没法子落实这笔资金，且类似的情况在51个村民组中又不是个别现象，怎么办呢？随着扶贫工作的不断深入，三五成群的老百姓每天都来反映自家的房子需要危房改造，整天一筹莫展的我又一次陷入迷茫之中。

一日，与偶遇的一家医疗机构负责人闲聊时，对方提出想为贫困村做点什么，我又一次计上心头。于是，牵手医疗机构，倡议医护人员为贫困群众捐款，有效解决了另类危房改造的资金问题；同时，还意外收获了为2014年、2015年建档立卡贫困人口提供免费体检的健康福利，受到了百姓的一致欢迎。我又一次尝到了“重生”的滋味……

第三次迷茫与重生

村部后面有条几十米的灌溉暗渠，因多年未清理，已经被淤泥堵死，失去了灌溉功能，群众也向村里反映了多次，结果总是不了了之。驻村伊始，我就接到群众的多次反映，几经努力，终于落实了专项资金并组织人员开工清理，同时把暗渠改建成明渠，以便日后清理。周围百姓无不欢欣鼓舞。工程如期结束，望着流淌在明渠里欢快的河水奔流进200多亩的稻田，我也神采飞扬。

眼看就要大功告成，就在要给明渠盖上水泥盖板当口，遭遇几户意见不一致的村民阻挠。一种声音是，盖上水泥盖板的同时，还要铺上水泥，这样老人小孩走在上面比较安全；一种声音是，只盖水泥盖板，不能铺水泥，否则沟渠堵塞后就没办法再打开清理；第三种声音是，水泥盖板盖上，只在盖板上铺水泥，不扩大到沟渠两边，等地下自来水管和生活下水管道改造到位后再在沟渠两边铺水泥。

水泥盖板因此迟迟不能盖上，给周边出行的群众带来了不便和安全隐患。隔三岔五，就有村民来村部反映，要求尽快完工。一天，一户姐妹俩吵嚷着来村部，要求书记到水渠施工现场去盖水泥盖板、铺水泥，吵得我无心工作。

有一天忙到了深夜，刚上床躺下，就感觉门外有人敲门。我起身开门，却不见人影，原来是梦里情景。再上床，翻来覆去却没有了睡意，忽然我有了想法……

第二天一上班，我就和老张赶到了施工现场，叫来承建方，召集起相关农户，开口便说："本小区因为历史的原因，至今没有公共化粪池及公共下水。我已经向镇有关部门进行了专题反映，也得到了有关部门的支持，准备立项和做预算，先把小区的公共化粪池及公共下水修好，再把小区的所有道路硬化，最后再立几根路灯杆，不仅让小区路面硬化，也让小区亮化，让大家生活在此感觉到方便、安全、安心。你们说好不好？”在场的百姓齐声说：“太好了！”于是，先把水泥盖板盖起来，把盖板缝隙用水泥勾实，让老人和孩子安全出行，暂不在沟渠两边做水泥路面，等综合方案论证结束，资金落实到位，再美化小区环境。在大家的掌声中，问题解决了，沟渠清淤工程也顺利结束，我第三次感觉到了“重生”。

为长乐村村民点赞

随着2018年春节的临近，来村里要钱的人越来越多。

一日，一王姓村民直接来到了我的办公室，高声嚷道："我找新来的书记，问问叫我来干活，为何迟迟不结账？"我问他："从头说清楚，咋回事？"只见来者年龄40多点，个头不高，声音不小，直冲着我说："你是邢书记？"

图为定期参加长乐村志愿服务活动的村民合影。

我说："是。"他于是就一口气将来因说完。我隐约弄清了情况，于是回答说："只要是村里安排的工作并得到完成认可的，肯定要付钱的。你说的情况我知道，但当时可是说好了连料带工1500元，植几棵树及一些草皮，现在怎么成了3000元了？"来者急说："村里书记要得急，又是专门为长乐村干的，所以费用多点，和书记说妥了的。"我说："和谁说好了都不算数，这是会议研究定的，谁都无权私自变更。"接着我提高嗓门说："来长乐9个月了，有一件事情我始终没有弄明白，修路定下的费用，完工时总是超出一部分；盖房子定下的费用，建成了总是超出一部分；挖塘清淤定下的费用，也总是完工后超标一部分。我没来之前不说了，从今往后，定下的数字超过了，谁承担施工谁负责兜底超出部分！长乐村将不再充当‘冤大头’了！”

来者见我的态度如此坚定，忽然缓和了一些：“我听人说，村里来的新书记人非常好，工作魄力大，事事为老百姓着想。既然你书记如此说，我作为长乐村村民，看好长乐村，以后长乐村大有希望！树和草皮算我免费赠送给长乐村的，人员的工资几百元要是能够付给我就付给我，不能，我心甘情愿自己给工人工资。哪天给我个机会，我想和书记好好聊聊。”我笑答：“过奖了，长乐村还有许多需要去做的事情，也谢谢你的理解和盛情！事先说了1500元肯定要付，但超出部分，还请你理解！”来者紧握我的手说：“谢谢！今后需要我做什么，尽管吩咐，我一定为家乡多做点实实在在的事情，这也是我的责任和义务。”

此刻，我只想为这位长乐村村民点赞！

我的初中语文老师来村里看望我

驻村扶贫不久的一天傍晚，手机响起，看看号码并不熟悉，接通后只听对方不紧不慢地说：“邢毅吗？”我应答：“是，您是哪位？”对方说：“我是张老师。前天见你在电视上接受采访，才晓得你到我的家乡去扶贫了，辛苦你了，我要好好地谢谢你！”虽然言语不多，但张老师的口气中透出坚定，他就是我39年前的初中语文老师——张新川。因讲课生动，张老师很讨学生们的喜爱，给我深刻印象多年难忘。我急忙答道：“是张新川老师吧！”只听对方开怀笑曰：“想起来了，不错！还没忘记老师！”我说：“怎敢忘记，您是南陵哪里人？”他说自己是许镇人，因为第二天要来许镇走亲戚，方便的话想邀请我过去吃饭。我说：“刚来长乐村，正忙着熟悉情况和了解扶贫政策，谢谢老师的盛情！来日方长，等忙出点头绪了，再请老师现场指导！”他很是高兴，回答说：“好的，我一

图为作者与张新川老师开心交流的画面。

定来！”

在我驻村刚满一年的那天下午，籍山镇分管水利的副镇长打来电话，说下午陪一位贵客来村里看我。我连忙问是谁，对方神秘地说：“来了不就晓得了吗！”

约莫下午四点，只听见村部楼下有人喊我，我便探出身子张望。当我的目光落在一位熟悉的老人身上时，情不自禁地惊呼：“张老师，您怎么来啦？”只见张老师精神抖擞，向我挥挥手说：“说好了，我就一定来看你！”

那晚，张老师留在村里吃了晚饭，还喝了一大杯白酒，虽多年未见，但老师对学生的情感依旧未变……

觉悟处处在，感动常常有

大清早，来村里反映西四渠灌溉水位下降的群众络绎不绝。吃完早饭，我和队友老张、王平及擎天沿西四渠向上游巡查过去。

进入长塘村不久，我们发现一处小桥下拦腰横堵着一块门板。在上游不远处，隐约可见一个水口，沟渠里的流水正从水口处流向稻田。我问咋回事，王平说："周边稻田需用水灌溉，沟渠水位低了，没法自然流入，农户也没有抽水电泵，就用拦水提高水位的方法满足自己的用水需求。我建议大队长继续上行巡查，弄清楚有几处堵点。"至葛林水闸处，路程也就三公里左右，共发现三处堵水点。查看了水闸闸门，发现还有上升的空间，于是，王平打电话要求管闸员立即带上工具到现场提升闸门。接着，我们原路返回，来到最严重的一处堵水点。老张和王平查看了一下现场，让我和擎天站在桥上拉他俩一把，只见他俩迅速

图为驻村扶贫工作队队员在上游巡查拦腰堵水情况的画面。

脱了鞋袜，卷高裤脚，准备下水去移开门板，一共三块。但由于水急板宽，试了几次，最后只费力地移走了最上面的一小块。

正在无措之时，一位中年妇女骑着三轮电瓶车过来，急问我们干什么。王平开口问："这板是你拦的？"来者忙解释说，田里没水，只好用这个办法。王平严厉批评道："沟渠里的水是公用资源，个人不得擅自拦堵水流，否则是要严办的！没水用，可开户挂电机抽水，要采取正当的手段，千万不能因为一己私利而因小失大。下游4800多亩田的供水耽误了，这责任你能负得起吗？"那位妇女听罢，瞬间没有了来时的神气劲。我接着说："有什么工具可移开拦板？"来者急应："我去取！"不一会儿，就见她骑车送来了钉耙。很快，第一处堵水点清除完毕。我接着对那位妇女说道："你确实有实际困难，但要守法，千万不能干违法的事。没水灌溉可向村里反映，也可自行买电抽水，想不花钱又怕麻烦，实则是违法了。下次千万不能做此类害人更害己的事！"来者直点头，口里连说："是，是，是！"

很快，第二、第三个堵水点也清除了。老张、王平湿透裤腿，赤着双脚站在草地上，各自点燃了一根烟，深深地吸了几口，脸上露出开心的笑容，我此刻的心情却是有些复杂。老张、王平深知沟渠中有钉螺，这一带是血吸虫疫区，却全然不顾，我在心里由衷地给他俩点了个大大的赞！

为我的帮扶对象点赞

老徐，特困供养户，南陵县籍山镇长乐村大彭村民组村民，已经63岁的他，大半辈子靠种田和打零工为生。

知道他的名字是2017年9月的一天，在全村范围内脱贫攻坚“大排查”中发现老徐住院了，据说是患上了重病。经过深入了解，得知他患上了肺癌，且已是晚期。十几天后，听说老徐出院回家了，于是我和队友第一次走进了老徐的家。

图为作者与帮扶对象老徐愉快交流的画面。

一间十几平方米的平房，屋里虽放满了生活用品，但整理得整齐有序。老徐见有人来，就从床上坐起身，招呼我们坐。我问：“老徐，你房子可漏？”他答道：“不漏。”老徐接着说：“我住在这个房子里几十年了，村里很关心我，多次要给我改造房子，我没答应。一个人住够了，没有必要给村里添麻烦，我要是不想在这里住了，就去敬老院。”一席话，给我第一印象，老徐是位通情达理的人。

自我介绍并说明来意后，我们开始询问老徐的病情。2017年上半年的一天，正在田里播种早稻的他感觉胸部隐隐作痛，但没当回事。到了7月，疼痛难忍，老徐就去县里医院看病，但那里的医生说看不了，于是去了芜湖弋矶山医院住院检查，很快有了肺癌诊断结果。因为没钱开刀，所以他选择了保守疗法。负责医治老徐的是位姓刘的主任，为人直爽热情，一天查过病房后，他便把老徐叫到医生办公室，开门见山地说："老兄，人生苦短，你放下包袱，说不定在人世上还能多走些时间，回去想吃啥就吃点啥，不要在我这里浪费钱了！我开点药你回家吃，定期来检查。"老徐急切地问刘主任："说实话，我扛得住！你告诉我，我还能活多久？"刘主任为难了一会，还是真诚地说："依我看，3个月没问题。"回到家这几天，老徐总是跳不出"3个月"的魔咒，觉得人生真没多大意思。知道了老徐的现实后，我和队友安慰了几句便离开了……

接下来，村民代表大会召开了，全票通过老徐申请贫困户的报告，村委会和驻村扶贫工作队核实并在村部公示栏第一次公示，结束后快速报镇政府审核后第二次公示，之后报县扶贫办复审后公告，以上程序一刻也没耽搁。

而后我主动请求担当老徐帮扶工作的责任人。以帮扶责任人身份第一次走访老徐是其被确定为贫困户的当天，我精心准备了一下交流的话题后，就独自一人骑上电动车向大彭村民组出发了，5分钟后就骑到了老徐家门口。一条黄狗凶猛地狂吼着，虽被拴在距离大门口不远的柱子上，可它来回上下蹿跳，气势还是有点吓人。只听老徐一声呵斥，黄狗立刻没有了声响，低声气鼓鼓地原地来回打转，不一会儿就趴地瞪眼望着我。

老徐从屋里搬了两只小板凳放在大门口，我们在距离黄狗不远处坐定。我立马告诉他："你申请的贫困户批下来了，这下吃药钱有保证了。”他立刻笑了：“谢谢书记关心！”我问：“目前你还有什么困难？”他回道：“没有了！”我接着说：“尽快把你的房子改造一下吧！”他笑曰：“不麻烦了，能住就行了。”这是我第二次感觉，老徐的确很通情达理。

一室一厅约45平方米的新房屋不到一个月就竣工了。这期间，我基本上一天跑一趟，一方面督促建房进度，一方面寻找机会安慰老徐。也许是“平地起新房”“药费不自掏”等好事连连发生，极大地激发了老徐重生的希望。他脸上的气色一天一天地好转，能吃能睡，也愿意出门聊天了，有时还能到附近的集镇转转。不多时，原先萎靡不振的老徐精神焕发。我看在眼里，喜在心头。

一日，我再次去了老徐家，没听见黄狗叫，就问老徐：“黄狗不在家？”老徐说：“在，平时我用绳子一直拴住，怕伤人。”我探头朝狗棚方向望去，见黄狗正盯着我，但眼神中少了些许敌意，有朋自远方来看主人，黄狗也乐乎！老徐执意给我泡了杯茶，坐定后，我简要地向他宣传了一些实用的扶贫政策，然后就话题一转，给老徐说了个故事：“两个病人去医院取诊断报告，患感冒的病人看了诊断报告回家不久后就去世了，患癌症的病人回家后活了很久。原来是诊断报告被错拿了！因为巨大的心理压力，本来没什么事情的人却被吓死了。老徐，你看看人的心理素质多么重要！你知道自己得的是肺癌，那就放下心理包袱，开心过好现在的每一天。我是你的帮扶责任人，见你开心更乐意为你服务。我们共同努力，我想一定会有奇迹发生的！”我的一席肺腑之言感动了老徐，他连声应道：是啊！是啊！

住上新房子的老徐感觉像是换了一个人，新房子被他收拾得更加井井有条，旧房子也打扫得整洁干净。他还自己动手在旧房子里改造了一间浴室，老徐的脸上始终洋溢着笑容。

一晃六个多月过去了，一次走访中，我发现他情绪不对，于是便问道："最近遇到什么难事了？"他摇摇头说："没有。"在我的一再追问下，他面带难色，我鼓励他说："有啥不好意思的？有事就说。"于是，他吞吞吐吐地说："书记，我说了你不要笑我，我想死了以后，不要火化，我怕疼，请书记同意我土葬！"我笑曰："我以为什么事，就这点要求，我同意了，你说咋办就咋办！"老徐见我态度如此爽快，也笑了！听说，那天中午，他比平时多吃了一碗饭。

算日子，老徐已经挺过了9个多月，之前出现过几次轻生的情况。一次是刚出院回家，囊中羞涩，家徒四壁，再想想自己的病情，老徐喝了一瓶除草剂，事后只是头有点晕，没出什么意外。一次是2018年春节期间，看见别人家热闹团聚，孤身一人的他越想越没有了继续生活下去的勇气，又喝了一瓶除草剂，还是头晕，没出现什么闪失。第三次就是前两个月的一天，胸部疼痛难忍，原先镇痛药吃一片保几天，可现在吃两片也就保几个小时，老徐想想没啥意思，直想一死了事。后来老徐告诉我说："每当躺在床上静下来时，想到了书记对我的关心，给我带来精神的鼓励，我就觉得自己不该有这轻生的想法。书记听说温度高的水泡澡可以抑制癌细胞快速生长，每天清晨起床饮一杯滴点食用醋的温热水可以改变身体微酸质从而抑制癌细胞，这些方法你都教给了我。为了方便泡澡，你还自掏腰包买来泡澡的木桶，给我垫付医药费……想着这些好，我越发觉得要是自己再寻短见，就对不住书记了。"至此，老徐彻底打消了想死的念头！

每次我去老徐家，第一句话便是："你咋样？疼痛如何？药吃了没？"老徐强忍疼痛，还装作若无其事地说："还好，不怎么疼，吃过药了。书记放心，老让你费心，我会记住你的话，开心过好每一天！"老徐越是这样，我越是感到不安。于是我就开始另辟蹊径，先在互联网上寻找治疗肺癌的信息，然后逐条筛选，再将有价值的信息和药方下载打印，带给老徐。有初中文化的他，平时喜欢关注国内外形势，也开始关注脱贫攻坚工作，看到我给他带去的资料，老徐如获珍宝。一日，他告诉我，他托人去县里中药房配药，但配不齐，弦外之音就是想让我给他想办法去市里找找。我猜出他的心思，于是接过话茬："老徐，放心，我来想办法。"他听罢，不好意思地说："又要麻烦你了，我这辈子欠你的咋还？"我说："不用还！"经过努力，中药终于配齐，我不敢耽搁带给了老徐。9个月了，头一回见他异样的喜悦和感动，连声说："谢谢书记！"

老徐已服药一周，前几天我再次去看望他时，他主动对我说："药一点没有浪费，全部被我吃进肚里，有效果，胸痛感明显减轻了。按照书记的要求，我一天三餐保持一定饭量，并注意营养。我会记住书记的话，开心过好每一天！"

小花，向你“致敬”

——纪念我的朋友太平子

随着气温的不断下降，寒冷的冬天临近了，我帮扶的贫困对象太平子起床次数也越来越少了。一日，我和往常一样走进了太平子的家，只见大门开着，望进去，卧室的门也开着。我有点疑惑，大冷天，怎么把门都打开了？躺在床上的太平子见我进屋，想起身坐起来。我急忙上前用手按住他，说：“天这么冷，不要起来了，受凉了就麻烦了，怎么把门都开着？”太平子躺下，接过我的话茬说：“天冷了，不想起来了。我一日三餐有哥嫂送，可小花没人管，有时它饿得直叫唤，我心里难受，想爬起来给它烧点粥。这不，我让哥嫂把门开着，想试试下床，可没劲起不来。”我说：“我来弄吧！”于是，按太平子的指点，我找到了外屋墙角边的一个米袋，解开绳子，从里面抓出几把米，放进电饭锅里，又加了一些水，接通电源，开启了电饭锅的煮粥模

图为长乐风光（二）。

式。太平子在床上不急不忙地告诉我，小花是条流浪狗，喂养已经七八年了，很通人性，一直用绳子拴着，一是因为怕丢，二是因为小花性情暴烈，怕它伤人。

我起初去太平子的家，老远就能听见小花的叫声，一是告诉主人有陌生人来，二是对我的一种“警告”。时间久了，我便习惯了，小花也不再那么“凶”了，虽偶尔也会叫几声，但明显感觉到了它的“友好”。有一回，太平子坐在大门口晒太阳，解开绳子的小花趴在主人身边，显得很温顺。听到我的脚步声，小花警惕地转头盯着我看，嘴里不停地发出低沉的“呜呜”声。太平子也转过头来，见是我，招呼了一声“书记来了!”，小花这才停止了“呜呜”声，起身迎我而来。只听见太平子一声呵斥：“小花，不许无理!”真灵，我明显察觉到小花放松了下来，它围我转了一周，用鼻子嗅了嗅便跑开了。我说：“今天怎么把小花松开了?”太平子答道：“一直没松过，等会就把它拴起来。不放放也不行，要不把它给拴傻了。”我问他：“平时小花吃点啥?”太平子来了精神：“我给它买的是碎米，洗脸盆大半盆一天就能吃掉，它很能吃的。”我望望不远处一直在盯着我看的小花，它不壮，黄黄的毛光滑顺洁，一双眼睛炯炯有神，显得十分机灵。怪不得太平子十分喜爱它，我都心生几分怜意。

一晃帮扶太平子快一年了。一天太平子忽然对我说：“书记，要是我哪天不在人世了，最放不下心的就是小花了。”作为特困供养户的太平子，小花便是他唯一的精神寄托。我完全理解太平子，几次想说：“放心，真的没人照顾小花，我来照顾它。”但最终没有说出口……

时间一天一天地过去。有一天，我跨进太平子的家门，但躺在床上的太平子见到我一声不吭。我问他：“哪里不舒服?”太平子闭上眼睛摇摇头，我说：“咋啦?”太平子没作声，只见他眼角挂着两滴眼泪。我急切地问道："出了什么事？"太平子见我急切，便说："小花不在了。"我"啊"了一声，太平子睁开眼睛，向我诉说："前天是周六，一大早，小花饿得嗷嗷叫，我实在嫌烦了，就吃力地起身下床，放了小花。它不一会儿就跑得无影无踪，一天没见到影子，我心想，不会给人逮走了吧？到了深夜，我听见门外小花的声音，喜出望外。小花来到了我床边，我伸出手在它头上摸了摸，只见它抬高头，在我手掌心里来回地蹭痒痒，显得格外亲热。我问它这一天跑哪去啦？可吃饱了？没干什么坏事情吧？它用舌条舔我的手，然后就趴在我的床边。我说今晚外面冷，就在这里陪我暖和暖和吧！小花似乎听懂了，闭上了眼睛……不知几点，窗外的天还没有亮，就听见门外吵吵嚷嚷，丰和的刘队长来找我，说小花昨天咬死了她家八只鸡，还偷吃了十几个蛋。"

太平子急了，一骨碌起身，小花早已无影无踪。他一面安慰刘队长，一面问清楚事情的原委。听罢，他又气又急，说多少钱，他赔。刘队长说："你生活困难，我怎好意思让你赔？只是太气人了，告诉你一声，把狗拴好了，不要再放出去，要是伤了人就麻烦了。"然后向大门外走去。太平子转身找遍了屋里屋外，始终未见小花的影子，正准备回房，听见了柴火垛下有小花的声响，于是，厉声呵斥让小花出来。不一会儿，小花像犯错误的孩子低着头，一步一步地走向太平子面前。太平子训斥它："别人家的鸡怎么能伤呢？还偷吃了鸡蛋，你不想活了？"只见小花抬头望了望太平子，一副委屈伤心的样子。太平子立刻心酸起来，伸手摸了摸小花的头，低声说："知道这段时间我不舒服，没能按时给你烧饭吃，对不住你，可也不能偷吃人家的鸡和蛋。"小花似乎听懂了他的一席话，眼睛里也有泪水。

事发当天下午，太平子的哥哥遇见刘队长的弟弟，听了些气话，回到家，没有告诉太平子，一气之下就将小花给宰了。太平子晓得后，好不伤心。小花不在了，太平子的精神支柱没有了。一个月后，也就是2019年1月14日，他也离世了……

送走太平子快一年了。一日我忙停下来，一个人静静地坐在办公桌前，又想起了太平子……从认识太平子到他离世，一共16个月。其间，耐心开导、寻找药方……被断言只能存活3个月的太平子挺了一年多时间。要是太平子有亲人照顾的话，可能还会活更长的时间。

愿天堂里的太平子和小花开心每一天！

意　外

清晨4点50分醒来，简单洗漱后，我便开始了每天的学习强国操练，接着背记“不忘初心、牢记使命”主题教育应知应会的内容。背着背着，我感觉饿了，看看时间已经6点半了，便骑上电动车出门去5公里外的浦桥吃早饭，因为长乐村唯一一家老三早点摊子关门了。

图为浦桥油条铺。

来到了浦桥唯一的油条铺，我点好油条和糍糕，一摸衣袋，手机忘拿了，身无分文，于是不好意思地与店主人说：“出门急，忘带手机了，口袋又没装现金，要不明晨来再补上如何？”店家笑笑：“我认识你，我店里的微信支付还是你提的醒。”我忽然想起刚驻村不久的一天清晨，我来浦桥吃早餐，看见有油条卖的，就高兴地进了这家店。只见屋内三张桌子坐满了吃早餐的人，每人面前一碗白开水，人手一只直径约有20厘米的圆形草垫子，上面放着油条、煎饺、卷子、糍糕等，或一样或几样组合。吃口炸货，喝口白开水，蛮有味道。我要了油条和糍糕，掏出手机满屋子找码付钱，店主问：“找啥？”我说：“扫码付款。”店主“硬气”地回道：“本店只收现金！”

听罢，我顿时傻了眼，早点在手里拎着，可口袋里却没有现金。如今手机支付早已普及，于是我放下炸货，先去隔壁的面条摊兑换了现金，然后过来付现取货，临走时便说了声：“现在收现金越来越少了，出门带现金的人也少了，要不你多加一种收款方式，省得日后麻烦！”

据说，不久这家店就多了一种收款方式——手机支付，来吃早点的人越来越多，且多是手机一族……

四“遇”一天，愉快心田

距离2018年年三十还有三天。由于2017年全力扶贫，村里报账延迟，刚结束扶贫验收工作，就临近了2018年的春节，所以结账要钱的人蜂拥而至，将村部围了个水泄不通。经过紧急开会研究分工：我带上副队长去县、镇落实经费；村里主持工作的主任坐镇接待，安排资金发放时段。

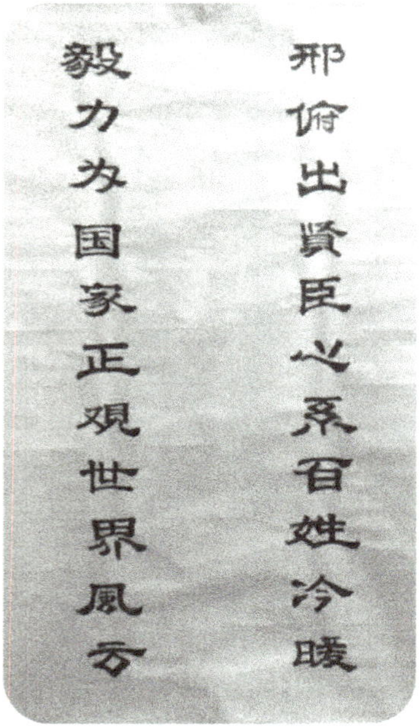

图为杨挺秀老人为作者书写的对联。

加班加点地忙碌后，一日总算有了闲空，不想又有人登门。第一位来访者，是村里一货运师傅，说给我准备了鸡和鱼，都是土货，只是表达一点心意，感谢我在长乐的真抓实干。我说：“在这么短时间里能被大家认可和接受，我知足了！土货免了，心意领了！”

又一位是在外地做建筑的村民，开车路过村部，见我没有走，就停下车，走近我说道：“书记，我以为你回家了，准备打你电话，给你弄了两瓶酒。我虽在外地做事，可家乡的变化我一刻也没有停止关注，得知你来后长乐发生了很大变化，我想由衷地感谢你！”我回答说：“这是我的工作，2018年我还将继续努力！”

婉言谢绝之后，我便抽身前往九连敬老院，想了解一下本村一家特困供养户的情况。他因为之前不服从敬老院管理，差点被“驱逐”出院，经他本人与我的保证承诺，敬老院才勉强将其留下。时隔近一个月了，我想去看看他的最近表现如何。当得知他表现不错，敬老院暂不赶他离开，我就放心了。准备返回时，在敬老院大门口散坐着一群老人，其中的一位起身，迎我而来，开口道：“你是长乐村来的？”我应道：“是。”他继续说：“听说村里来了个市里下派的书记，人非常务实，干了不少实事，老百姓都很喜欢他。我准备过完年，回长乐村见见新来的书记！”我开口笑了笑：“不用麻烦了！”老者疑惑地说：“咋了？”我继续笑了笑：“你想见的书记，不就在你面前吗？”只见老者疾步上前，紧紧握住我的手，说道：“是真的吗？你是个好官，为我们老百姓办实事的好官！你是长乐人的福气！”我回应道：“2017年5月1日，我从市委政法委来到长乐村扶贫，是做了点事情，村子现在已经摘掉了贫困帽子，2018年我还会继续找项目让长乐快富起来。”老人把我的手握得更紧了，连连说：“谢谢书记，长乐有希望了！”

一阵急促的电话铃声响起，我拿起电话，这是一位70多岁的建档立卡户，此刻来电话有何事？我迟疑了一下便接通了电话。对方急促地说：“邢书记吧？我是老杨，差点忘了件事情，非常重要的事情！”我问：“啥事？”他说：“准备了许久，送给你一幅我自己写的对联，不晓得你喜欢不喜欢。我在村部等你，知道你还没有回家过年。”

我加快了回村的步伐，刚进村部大门，就见老杨手里握着个圆柱状纸筒，见状便知是对联。老杨看见我急忙上前，同时在空中摊开对联。他说：“邢书记，这对联是我自己创作的，以你的名字开头，上联是‘邢俯（府）出贤臣心系百姓冷暖’，下联是‘毅力为国家正观世界风云’。”这是百姓发给我的扶贫“成绩单”！我一边接过“礼物”，一边紧握老杨的手，说道：“我去你家，你不在家，原来你来村里了。谢谢老杨，给你拜个早年，祝你老新年快乐，身体安康！”老杨也回祝我说：“祝邢书记及家人新年快乐，生活幸福！”

一天的四“遇”，一阵阵暖流在我全身上下流淌着，做点让百姓认可的事情感觉真好！

从抗旱站的“村民自我管理”想到的

今天一上班，我约上老张、村书记一起，将村里所有抗旱站跑了一遍，一共五处：夏村、拐坝、袁陈、汪村、沿河。所到之处，最突出的问题是无人负责，谁需要谁都可以开门泵水，电费谁付？维修谁来？养护归谁？村书记告诉我：“村民自我管理！”前段时间，无数村民来村里求助灌溉用水问题，这足以说明“村民自我管理”不是万能的，必须在村委会领导下，科学管理，合理调配，但前提必须是责任落到实处。再充足的水源、再好的设备，不科学合理调配使用，那都是摆设；只有村委会切实搞好宏观调配，各村民组积极配合，最终“村民自我管理’才能发挥成效。

图为长乐风光（三）。

来村里近三个月时间，开过很多次会议，百姓也无数次来村里求助灌溉用水问题，可没有人告知，村里有五处抗旱站，还有两处水轮泵站，完全听之任之，无专门人员管理。“村民自我管理”不是什么都是靠自己，而是在上级指导下有序开展自治工作；同时，村委会应该对村民组的工作加大督查力度，确保村民对基础设施的自我管理工作在良好的轨道上运行。下一步的工作思路：平时，村委会指导督促所属村民组安排人员对全村五处抗旱站加强日常维护，发现问题及时排除；发生的劳务及设备维修费用，村委会负责解决，真正实现“养兵千日，用兵一时”；在干旱缺水时，指导五处抗旱站有序开展工作，缓解旱情。同时，还要加大推进主支沟渠的清淤工程。功在平时，一旦这样做，长乐村的抗旱问题就解决了，防汛也不会出问题！

一张“退休证”

知道村民慈根发，是在我驻村扶贫一个多月后。这天，村民兵营长向我通报，县里信访部门来电话，让村里派人去领上访户慈根发。我问什么原因上访，村民兵营长告知是其年岁已高，大脑有些糊涂。我问他有无儿女，村营长说有，但都不管他。

图为慈老夫妇观看演出的画面。

一日清晨，我独自来到汪村慈根发家，恰巧在他家大门口遇见了慈根发。他耳朵不灵，与人沟通要其夫人大声“翻译”。我问：“是慈根发的家吗?”其夫人上下打量我一番，说：“嗯，你是?”我说：“村里来了扶贫工作队，我是邢队长!”其夫人好像是知道，点头算认可。接着靠近慈根发耳边大声“翻译”，慈根发这才点头望着我。随夫妻俩指引，我走进了慈家客厅。

老夫妻俩住在一栋老式平房里，一共三间。主房后紧挨着的是间低矮的厨房，家里没有像样的摆设。我和他俩坐定，便开口问道："慈老今年可有80岁？"其夫人答："刚好80岁。"在其夫人大声"翻译"下，我开始了与慈老的交流，得知慈老膝下有一儿三女，均成家立业分居他村，只有逢年过节回来看望老两口；他俩的2亩多田转给大户租种，每年分点稻米也够他俩吃。交流中，得知他已经上访了12年，去镇上、进县里无数趟，只是为了讨回"退休证"。村民兵营长告诉我慈老的大脑有些糊涂，我还在埋怨他是不是搞错了，就在此刻，慈老的一句话让我相信了，他说他的"退休证"让人带到台湾去了。

我起身走时告诉慈老："您不要再去镇上县里跑了。我到长乐来担任工作队队长和大队书记，就是帮助您了解情况，帮您拿回'退休证'。您要是有什么要求，就来大队找我，我星期一到星期五吃住在大队。"慈老点头："嗯！"

回村部的路上，我在思考下一步该如何帮助慈老解决问题，先去有关部门了解一下基本信息后再说。利用一周左右的时间，我基本弄清情况。所谓的"退休证"其实根本不存在。怎么办呢？我的脑子里有一个大胆的想法。

首先，我请村书记出面约见慈老的儿女，同时把慈老也请到了村部会议室。然后我简要地叙说了请大家来的用意："这次约见纯属家庭内部事务，主要是慈老年事已高，'退休证'的事情想请大家一起配合，想办法给他解决，大家都尽点晚辈的责任。为了不存在的'退休证'，慈老艰辛上访长达12年。眼下雨水增多，老人出行安全令人担忧，一旦出现问题不仅给自己带来痛苦，更要连累你们这些子女，所以我想管管这个'闲事'。"在场的每一位子女都流露出感激之情，我瞬间备受鼓舞。

我提议由慈老的儿子给慈老办张银行卡，把子女们孝敬老人的钱不定期存进去，村里也积极争取点帮扶资金转进这张卡里。我择机去慈老家中，谎称为其讨回了“退休证”并办理了“工资卡”，并让其儿女陪他去银行取点钱，以证实“退休证”确实拿回来了。

隔了两个月，虽然慈老的儿子还没有把银行卡送过来，但是那天之后儿女们轮番和慈老的交流应该是有了初步效果，慈老时常来村里找我，打听“退休证”的进度。我也是热心接待，让他耐心等待，一定会有结果的。事隔一段时间，村民兵营长告诉我：“大队长，这段时间老慈没再去县里上访了！”

一转眼2018年春节就要到了，在我的催促之下，慈老的儿子终于把存有孝敬父母过节费的银行卡送到了村里。我编了一段话，打印出来，包裹在银行卡外面一并送过去给了慈老。只见慈老急切地打开包裹的纸张，凑到眼前，一字一字地读出声音来。慈老双手颤抖，一个劲地说：感谢书记！感谢书记！我凑到慈老耳朵边，大声说：“慈老，听我的没错吧！从今往后，有事情来村里找我，一样可以办妥，不用再去镇上和县里。”慈老连连点头称是。我感到了真切的踏实之感……

向长乐村的老干部们致敬

近来连续高温，我和工作队的同志们奋战一线，计划走访所有留守的老干部——曾经担任过村“两委”成员的老同志，总数十几人。有时跑上个两三趟，还是扑个空，原因是正值“双抢”，他们都在地里忙农活。记得刚来时，我就听村书记提起过长乐的老干部，说他们识大体、顾大局，非常关心支持村里各项工作，在大是大非面前，立场鲜明，态度坚决，为维护长乐稳定和谐起着非常关键的作用。临近个别村子，因为没有很好地争取本村老干部的支持，很多工作无法有效推进，甚至在一些关键决策上因得不到老干部的支持而出现了问题，使得村里工作陷入被动。这也是我和工作队的同志决定走访老干部的原因。

登门拜访了几位老干部，情况确如村支书所说。记得第二次登门才见到的老张，住在夏村村民组，老伴去世后，一人生活。和共和国同岁的他，曾在村“两委”岗位上一干就是几十年，最后在村委会主任的位子上退下来，至今还亲耕几亩田，自养了几十只家禽。老张个头不高，身材瘦小，但是很有精神，思维敏捷，说话条理清晰。老张说：“新书记来两个月了，村部的变化证明驻村工作队确实是来干实事的，照此发展，长乐村大有希望！要问我对现在村“两委”工作的看法，总体印象还是不错的，但是在低保和贫困户方面，具体说就是低保户中有一些明显不符合享受条件的没有及时清除，贫困户精准识别也不够到位。不瞒邢书记，我喜欢实话实说。从事村里工作多年，我深刻地体会到，只有公平公正地站在群众利益立场上，各项工作才会顺利开展。国家的政策是好的，关键是好的政策是否能得到好的贯彻和执行。比如，现在长乐困难户不少，那么最困难的家庭是不是被列入贫困户了？和老百姓打交道要时刻牢记：实在做人，实心做事。只有这样才会深得大家的支持！工作上考虑细点，不怕辛苦多跑几趟，有了感情基础，自然工作好开展。要问我对村里工作的建议，只有一条：长乐村的灌溉设施年久失修，沟槽里淤泥杂草多，导致多处多年无水，越来越影响村民灌溉农田。尤其是农忙时节，上游邻村百姓为引水灌溉自家农田而私自拦截取水，导致下游的长乐村村民及时取水灌溉成了问题，请邢书记要关注、重视。”

图为2020年部分长乐村老干部在座谈会上精彩发言的画面。

一个上午，老张畅所欲言，虽然方言难懂，但好在随行的其他工作队同志是当地人，可同步“翻译”。谈话已近尾声，我就问他：

“你自己还有什么困难需要帮助?”他连忙说:“我自己的困难完全可以自己解决的,谢谢书记关心。”

在接下来的走访中,我和队友们虽很辛苦,但收获满满!很快我们形成了两个工作思路:一是组建一支保障长乐村百姓灌溉用水、生活用水的“保双水”巡逻队;二是准备着手绘制一张长乐村整体灌溉水系分布图,综合排查存在的问题,并且找到综合整治的解决方案。

连续的走访,我们发现了一个共性现象,就是所访老干部对村集体和村“两委”的工作建议侃侃而谈,而当问及自己是否有困难时,均异口同声地回答:自己有困难可以自己想办法克服!

长乐村的老干部个个都是好样的!我由衷地向长乐村的老干部们致敬!

意外关怀，心田暖暖

在村部斜对面一路之隔的老318国道边，住着一户伍姓人家，家有两层楼房，透过玻璃大门上贴的一对“十字”标识，便知这家有行医之人，且在此开过门诊。前几天的一个清晨，一位拄着拐杖站在玻璃门前的老者，冲正在洗漱的我喊道：“领导，你这是咽喉发炎

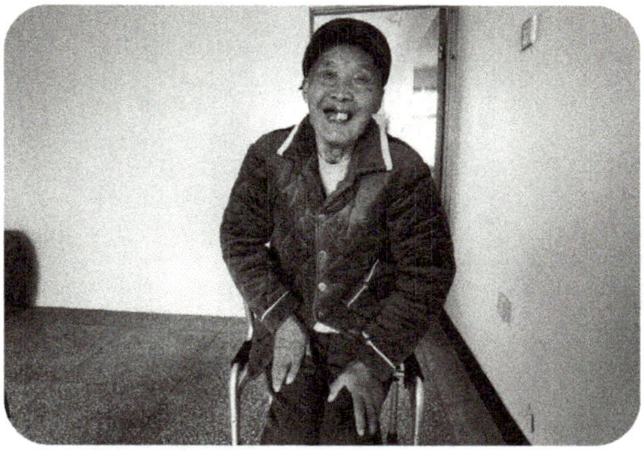
图为伍老知道作者给他拍照十分高兴。

了，去隔壁的卫生室找大夫拿点消炎药，一吃就好！”我回头应道：“谢谢！”今天一早，我去排灌站查看水情和头天晚上水泵维修情况，回来的路上几位村民将我拦下，询问这几天没有自来水是咋回事？我解释了一番，村民们表示理解后离去。

我继续前行，路过伍姓人家时，见老者正在门前艰难地活动着手脚，于是我停下电动车，上前与老者打招呼：“谢谢您老关心，我这是慢性咽炎，有年头了，季节交换时就容易复发，我平时自己也准备了一些消炎药。”我和老者攀谈起来，知道老者姓伍，膝下

有两女一男，行医是小儿，现在石铺卫生室工作。

老人自称59岁中风，目前生活不能自理，靠老伴服侍。老人祖籍无为，爷爷辈来的南陵，后转至长乐定居。他在学校当过教师，教过英语，还在工厂干过。老人告诉我说："儿子经常对我说，他可以养活我们，不要向大队提要求。这段时间，我听说村里来了新书记，更看见村部的巨大变化，也常常把这些变化告诉我的小儿子，我相信村里各项工作都会好起来。今天，谢谢你来看我，我保证绝不给村里添麻烦。"听到此，我心里涌起一股暖流，眼圈湿润，眼泪差点掉下来。多好的长乐百姓，我苦点累点算得了什么！

用事实说话比解释更有效

今天下午刚上班，柯村村民组一汪姓村民来找我，见他一瘸一拐走进我的办公室，我急忙起身迎上去，说：“你的腿脚不便，打个电话不就行了，怎么还亲自来?”他应道：“经过一年的锻炼，我自感行动起来灵活多了。”他接着说，“书记，我来找你有急事。去年年底，你答应给我申请大病救助，可一直没消息。昨天我来找你，你不在，我找了新来的汪书记。他给镇上打了电话后，告诉我申请大病救助的时间过了，我就急着来见你。之前一些亲戚朋友说，村里的干部都一样，遇事就会拖，新来的书记也学会了。我不同意，就和他们争起来。我妈妈的房子申请危房改造，书记答应后很快就陪镇上建设办主任来我家查看了，就冲这，我相信你是诚心诚意为百姓办事。”

图为作者与汪姓村民交流的画面。

我听罢，双手合十，连连感谢。我接着说：“因为你母亲的危房改造确实比你的大病救助更急，所以我就把大病救助的事情交给了包片干部去处理。虽然危房改造难度大，但为了尽快落实，我不停地往镇上县里跑，如今还没有结果，所以没有告诉你。可交给村干部办的大病救助难度不大，因为办事效率低给耽误了，我知道后对其进行了严厉批评，虽过了有效期，但是我咨询了一下，也不是没希望争取。我们还在争取的过程中，因为最终的结果还没有出来，所以没有告诉你。”汪姓村民听罢，脸上露出信任的笑容，伸出双手握紧住我的手，连声说：“我说吧，书记绝对不是那样的人，我相信你！”然后他转身疾步走出门去，口中不停地说：“知道你很忙，不好意思打扰你了，你来长乐吃了不少苦，我不能再来给你添乱了。”

脚步声已经消失，人也不见了踪影。我驻足良久，忽然想起了前几天来村里找我的汪村村民组李姓特困供养户，他见我就说：“书记，我的危房改造的钱什么时间下来?”我答道：“已经启动审批程序，应该很快就发放到卡里了。”李姓村民谢过，转身离开，口中喃喃自语：“书记，你忙，我不打扰你了！”

仅仅停留在解释上，时间长了，百姓就会对你失去信心；唯有把事情办实办好，用事实说话，才有力有效，才是最好的获得百姓信任的办法。

拆跳记

据长乐老辈人回忆：三方村民组杨树塘边的水板跳搭了起码有几十年了，周边三方、四方、五方、汪村等村民组的百姓都来这里洗衣服，主要是因为这些村民组的当家塘多年未清淤，百姓只得“舍近求远”来杨树塘洗涤衣物。

图为杨树塘边的水板跳已经拆除的画面。

由于近年来国家对野生扬子鳄的保护力度越来越大，百姓在杨树塘洗涤衣物所用的洗涤用品中含有化学成分，对野生扬子鳄的生存环境造成破坏，为此，根据上级布置，决定拆除杨树塘边的洗衣水板跳。为了做好宣传工作，经过调研和走访，初步确定开展三方的西边沟塘、四方的落塘、五方的当家塘、夏村的荷花塘、龙山的吃水塘等清淤工作。因为“五清一改一提升”工程，五方的当家塘提前清理出来了，可以容纳16人同时洗涤衣物。于是，我和队友们兵分两路。一路队员在杨树塘附近醒目位置竖起了“告示”牌：一是宣传野生扬子鳄保护区不准使用化学除污用品；二是告知百姓要拆除此地洗衣水板跳，请来此洗衣的百姓先去附近的五方村当家塘洗涤，陆续开工清淤的还有几处当家塘，以满足大家的洗衣需求，目前给大家带来的不便，敬请谅解。一路工作队员负责登门宣传，很顺利，杨树塘的水板跳如期拆除了。

一晃40天过去了。近日，有群众来举报，杨树塘边的水板跳又“恢复”了。于是，我随村干部一起前往一探究竟。果然，新的水板跳又支在了老位置上，且能从水泥的颜色上判断出施工没两天。问附近义务管护员老张，他说不晓得是谁所为。走访了半天，我们也未问出结果。我心生一计，让村民组长放出话：第二天村里安排人再去拆除水板跳。

此招真灵！第二天一上班，村里来了几十名中年妇女，吵吵嚷嚷不同意拆水板跳。于是，在村部会议室，我将她们一行安顿好，事先通知的镇上的几名城管队队员也到了，一次征求意见会如期召开。

不一会儿，会议就在群众和城管队队员之间的争论声中失去了秩序，接下来就无法听清楚谁在说话，说了什么。我静静地等待着，时间一分一秒地过去，争来争去也没有个结果，双方处在僵持阶段。这时，我提高了嗓门：“大家都歇歇，听我说几句吧！”嘈杂声渐渐小了，我接着说：“听了大家热烈的交流，我基本了解了大致的意思。重搭水板跳就是在座各位所为，起因是村里答应开挖四个当家塘，却一直迟迟未动工。首先，我代表村“两委”成员向各位道个歉；其次，承诺的几个塘口清淤工作由于要履行程序，需要点时间，加上杨树塘拆除水板跳的时间紧，希望各位理解和克服一下，五方的当家塘已经清理出来了，大家先去那里洗衣服。我代表村委会承诺，将加大力度把全村所有当家塘清理一遍，让大家在家门口就能洗衣服，这样生活才方便，大家说好不好？”在场的所有人齐声回答："好！""那大家是不是应该积极主动支持杨树塘拆除水板跳的工作呢？"大家又是齐声回答："一定支持村里工作！"

抓住时机，当天村里就组织人员将新建的水板跳给拆除了……

哥仨修房记

新屋纪的特困供养户老纪，在纪氏三兄弟中排行老二，2019年因生病住院耽误了自家的危房改造。2020年年初，村里就给他在危房改造上报计划中排头一个，很快，镇建设办便来实地进行了查勘。在查勘期间，焦点集中在政府兜底只有两万元补贴，但其住房重建起码也要三万，甚至更多。老纪起先说自己分文没有，后又说自己房屋的一面墙可以借用弟弟房屋的墙，这样可以省下一面墙的成本，其他几面墙拆下的砖可以再利用，屋顶的木梁也可以再利用……这样七算八算下来，可以节省几千元，他自己可以想点办法凑剩下的几千元。于是，老纪表示可以抓紧开工。我担心他会“变卦”，要求开工前老纪先缴一万元“保证金”放在村里，这样危房改造缺口费用就有了保证，老纪毫不犹豫地答应了当天下午就去村里缴钱。

图为纪氏兄弟与镇村干部商讨解决方案的画面。

隔天我在村里遇见了老纪的大哥，他对我说：“书记，明天我家老二的房子要开工，我来村里告诉你一声。”我接过话茬：“谢谢你，需要村里做什么事？”老纪的大哥表示想请村里的领导去现场指导一下。我回应道：“那是必须的，还要请上镇建设办的工作人员一同到现场。”

我和村书记碰了头，得知老纪的一万元没有按期缴到村里，原因是其大哥前几天来村里承诺，老纪的自筹资金大哥和三弟负责解决，请村里领导放心。我坚决要求老纪必须缴了保证金后才能开工，于是，当天下午我便随村书记、包片干部及工作队队员老张前往新屋纪老纪家催缴保证金。

老纪的房子和三弟房屋挨在一起，房子一直没有修整过。三弟家几年前享受过危房改造政策，现在对比一看，老纪的房子确实急需改造。老纪见我们来，听说是要求他缴一万元才能开工时，立刻倒在地上开始“装疯卖傻”，我们都不为所动。老纪的三弟走过来，一面制止哥哥的行为，一面与我们哭诉老纪如何困难：政府援助的两万元房屋维修资金肯定不够，自己和大哥商量着也伸手帮他一把，但要一万肯定拿不出，再说一万元也不一定够。村书记听罢，急了：“之前都已经说定了，两万之外的维修费由你们大哥和你负责解决，现在怎么又变卦了？今天，我们就是来催缴一万元保证金的，这笔钱到位后才能开工。”这时，老纪的大哥也赶来了，听了书记这番话，提高嗓门说：“政府是掏了两万块钱，村里就不能再给我们解决一下剩余的资金问题？我二弟实在太困难了，我准备掏点钱给他买台空调，老三也掏点钱给他买点旧窗户和旧门。我们也不富裕，但是都打算力所能及地帮帮二弟。”村书记急忙打断纪家老大的话，说：“那天你来村里协商可不是这么说的，我当时真是相信了你的话，不曾想你今天的话锋完全变了。如果当时答应了你们明天开工，那后续的麻烦可就大了。”不知何时，倒在地上的老纪也站起来参与到兄弟们和村书记的争论中。我见此状，抬起双手，在空中上下摆了两下，用平稳的口气说道："各位继续争论也没有什么结果，都歇歇，听我说两句。政府的资助和村里的资助是一回事，村里资助两万元，那也是上级政府部门拨的专项款。要是让村里再解决剩余资金问题，那就是政府给你老纪的危房改造费用全承包了，这明显违反了政策的规定。因为老纪是特困户，才符合新建房屋补贴两万元的政策。政策明文规定，享受危房改造的对象自己也要承担一定的费用，让老纪缴一万元仅仅是保证金，工程结束后多退少补。刚才听了你们兄弟仨的一番话，我就明确地说，政策执行不到位是我们的责任，政策执行过度也是我们的责任。你们不要误会是村里逼老纪缴钱，所有的事情都要依照法律和政策来办。明天上午，我请镇建设办的工作人员来现场定夺，请他们按照最新政策结合老纪的实际情况制订可行方案，你们看如何？"此刻，兄弟仨将信将疑，同意第二天等镇建设办工作人员来现场定夺。

第二天一上班，我就陪同镇建设办王主任一行来到了新屋纪老纪的家，老纪哥仨已经等候多时。王主任带领其他工作人员对老纪的危房进行了一番仔细的勘验，约莫几十分钟过后，王主任开口说道："哪位可以做主？"纪家老大开口说："我可以做主！"王主任解释说："这房子简修缮肯定不行，必须推倒重建，资金不够可以改三间为两间。"王主任不仅结合实际情况对最新政策进行了宣传和解读，还就落实情况给出了可行性建议，最终大家达成了共识。

危房改造期间，我去过几趟。起先工程工期按计划推进，不多时，我就发现了新问题，原先旧房屋两头的墙没有拆除，询问原因，兄弟仨异口同声说："靠东面的墙是借的三弟的墙，靠西面的墙不拆是因为靠在一起的房屋也是三弟的，不能拆。"我明白了：原来是想省下了一面墙的费用。当这哥仨提出另外两面墙虽是老墙但没有开裂也想不拆时，我没有再让步……

快要竣工时，我再次去了现场，当看见新屋后面需要重新建一间厕所时，没等哥仨开口，我便说："这样吧，我来支持老纪一把，盖厕所的钱我来想办法解决。"没等我话音落下，老纪忽然跪在我面前，双手合十，嘴里念叨着："书记啊，我真是要好好地感谢你呀！建房子期间，你跑了好几趟。村里领导是真心关心我，我懂得感恩。"我急忙搀扶起老纪，只见老纪三步两步走进三弟屋内，不一会拎出个沉甸甸的纸袋，走到我面前说："书记，这是我养的土蜂产的蜜，没有什么好东西送给你，这点东西表表我的感激之情吧！"我摇摇手说："这是我的工作。你符合条件，理应享受政府的帮扶政策，我只是在做我该做的事。再小的意思，我也不能接受，但你的心意我心领了，以后你们兄弟仨多支持村里的工作就行了。"

回村部的路上，我感觉今天的天格外的蓝……

让村民老方信服的“妙招”

“书记！”我循着声音望过去。不远处，村民老方正骑着一辆三轮车迎面而来。只见他下车用力拉紧手刹，三步两步走到我的面前，双腿一弯，准备跪下，嘴里还念念有词：“书记呀，你帮我解决了大问题，我要谢谢你，我给你下跪了！”我急忙搀起老方，连忙说：“不用谢！你符合帮扶条件，理应享受政府的好政策。我第一次见你就说过，有困难、要求和意见，欢迎来村里及时反映，我们欢迎用合规合法的正当方式解决问题。”老方点头表示同意。身高超过1米8的老方今年60多岁，虽然身板有点瘦，可说起话来底气十足。

图为作者与老方亲切交流的画面。

记得驻村不到一周的一天清晨，我正在村书记家吃早饭（由于刚到村里，配套生活设施不完备，一天三餐暂时安排在村书记家），村里的妇女主任急急忙忙地赶到村书记家，急切地说：“书记，不好了！方老五拿着锄头正在村部便民服务大厅闹事，你快去看看吧！”

我放下未吃完的早饭，和妇女主任、村书记一起朝村部赶去。还未进村部院子，就听到便民服务大厅里一男子高声嚷道：“太气人了，跑了多少次，就是不给我办五保！那些条件比我好的，不是低保就是五保，欺负我好讲话是不是？”此人一边嚷嚷，一边手握锄头在服务厅里一米高的柜台上乱戳，震得上面物件乱蹦。我高声怒吼：“没有王法了？把锄头拿下来！”真管用，男子很快停下手中挥动的锄头，用不服气的目光紧盯着我，说：“村里老是拖着不给我解决生活困难，我没办法才这样做。”我换了一种口气说：“我是村里新来的书记，有什么困难，可以好好说。你今天这种做法是错误的，锄头是种地的劳动工具，不是要彪劲的工具。你先把锄头送回家，再来村里找我解决问题！”可能是被我一高一低两种声音“冲撞”得没缓过劲来，男子起先愣了一会儿，然后便说：“你是邢书记吧？我听人说了，村里来了新书记，我就是来找你解决我的五保问题的。我把锄头先送回去，明天来村部找你。”

第二天一大早，我就听见村部大门口外有人高声喊道：“邢书记，邢书记在吗？”我推开房门应着：“这么早！”将老方迎进房里坐稳，我开口道：“你先喝口水，把你的情况慢慢讲清楚。”等老方絮絮叨叨说完，我大体明白了老方的诉求：一是自己居住的老房子年久失修已成危房，请求村里安排重建；二是自己年老体弱，无劳动能力，请求村里给其解决五保申请以保障生活。老方一面讲，我一面认真记，没听清楚的让老方再重复一次。就这样，一个多小时的正式交流很快结束。我承诺尽快核实情况，给予老方答复。

隔日，我和队友就去老方所在的沿河村民组家中走访。其居所虽是两层楼，可从里到外白灰墙面陈旧发黑，剥落严重，多处露出红砖，吊顶也是水迹斑斑，显然是漏雨所致，家里也没有一件像样的家具家电。老方向我们介绍说，因为没有经济来源，房子漏自己也没办法，前几年村里帮助翻修了一次，这才不漏雨；老方自己身体不好，妻子是贵州人，也没什么劳动能力，两个女儿不是自己亲生的，妻子的前夫生病去世很多年了。老方接着说："我和她生活十七年了，现在都老了，我准备搬回去自己单住，我没能力养活她们，也不想拖累她们，所以只能依靠村里给我解决五保了！"随后，我们跟随老方去了他在五方村民组的老房子。一排三间平房，因多年不住人，进屋后仰头可以望见天，四周墙壁石灰剥落严重，确实是危房，要住人必须改造。从老方家走出来，我告诉老方，将了解的情况回去开会研究一下，尽快给他答复。

经进一步了解方知，老方在十七年前一直是一人在五方祖屋里生活，之后与现任妻子结合，搬到了沿河村民组女方家，婚后没有生育子女，一直抚养妻子带来的两个幼女。其间，以老方名义村里给老方沿河家的房屋进行过一次危房改造，按规定不可能再给老方五方的老屋再进行危房改造了。关于其申请五保一事，我又询问了民政部门，回复说有家庭申请五保有困难，看看如果符合条件可以先申请办个低保。很快，我就将了解的情况回复了老方。急性子的老方一周来村里好几次，有时一天一趟，催促办理低保一事。眼看快过年了，一天，老方又来村里找我说，快要过年了，要不先考虑给点过节费吧！

离2018年春节还有一段日子，一天，老方又来了，只听他在一楼就开始高声嚷嚷。我从二楼屋里探出身子，说："老方，你要是再这样高声大叫，不心平气和地说话，我就不欢迎你来村部了！"他一边上楼梯，一边放低了声音："书记，我就是大嗓门，下回我注意点。"老方走进门坐定，说："书记，就给我发200元的过节费，是不是打发叫花子？"我立刻说："口气不小，嫌少？村里有那么多困难户，上面拨给村里的慰问金又有限，你家要是不困难，还享受不到这200元。”老方知道错了似的：“书记，我不是这个意思，更不是嫌钱少，家里人多，再多给点，春节好过点。”我回答道：“类似你这样的家庭村里已经研究过了，过几天还会再发些过节补助，你就留意到邮储银行去刷卡取钱吧！”老方半信半疑地问：“春节前还有钱发？不会骗人吧？”我笑笑说：“头一回和我打交道？你想想，从第一次遇见你，你的问题，我可是一件一件了解清楚后并给了回复。既然我这么说了，那肯定是真的！”老方这才点了点头：“我肯定信你，书记！”

春节一过，我就把老方申请低保的事提到了议事日程上来。当镇民政办的同志实地走访老方家时，又意外获悉他和现在的妻子没有打结婚证，依据条件可以申请五保。从那以后，老方的好事接连不断。村里启动春修水利，老方报名参加了，不曾想，他负责的一段工程，不仅推进速度快，而且质量高，受到了驻村扶贫工作队队员的一致好评。当我获悉此事后，认真地表扬了老方。老方不好意思地说：“书记，我虽然毛病不少，可干活我是认真的，从不偷懒，尽最大努力把任务完成好！”我竖起大拇指：“这次表现，给你点赞！”

从相识、相知到相信，老方的变化很大。老方现在来村里的次数越来越少，即便来了也不会高声嚷嚷，见人热情招呼，说话心平气和。我从老方的变化中深感：让群众信服的“妙招”就是仔细倾听其诉求，认真帮其解决实际问题。

老爸，我好想陪陪您

在我的记忆里，您总是和蔼可亲，几乎没发过脾气。在我“知天命”的那一年初夏，我主动报名去驻村扶贫，您满意我的选择，笑曰：“好样的！”

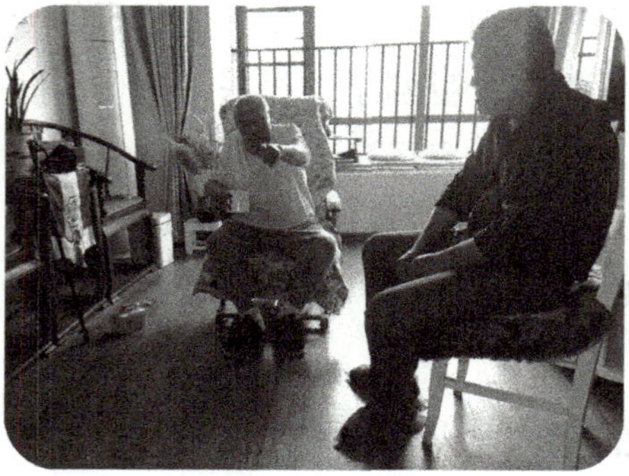

图为作者与父亲交流的画面。

一晃快三年，我俩相聚的日子屈指可数，得知您的病情有所加重，我第一时间打电话给您询问情况。您说，没事，只是要我在农村里多保重！我答应您，临近的扶贫检查结束了就陪您去医院，您只是说了一句：工作重要，不急不急！

陪您就医虽只是短聚了几天，但我的心里却踏实了不少。您还是面带从容，反复地安慰我：“没事，没事！我这岁数，可以走了！”

老爸，我好想陪陪您！

驻村扶贫的首个春节前夕，您来村里看我，见证了我的繁忙。一个多小时的车程，您只在村里坐了一会儿就要走，因为怕耽误我工作。我没法多陪陪您，只能歉意地目送。

驻村的30多个月里，我务实肯干，渐渐赢得了长乐百姓的“欢心”。路通了，水畅了，灯亮了，长乐百姓的心情舒畅了！当我把这一系列的变化告诉您时，我觉察到了您的欣慰和自豪……

每每在村里忙到夜深人静时，我时常回忆起孩时与您一起去十九道门浴室泡澡的情形，那时我总能得到一包最想要的瓜子；每次去春游，您总是给我书包里装上我喜爱的带黄线的面包；每当新学期开学，您总是找来漂亮的画报，给我把所有新书“穿”上漂亮的外衣，并写上书名、姓名和班级。您那一手漂亮的“邢”体字，一直是我孜孜以求的！您画的漫画简约而生动，为我儿时增添了珍贵而又难忘的回忆。每每想起，温暖便由心底慢慢升腾……

长大后，我知道您爱好收集钟表，一有机会便帮你寻着，现在更想闲下来陪您逛逛旧货市场的钟表摊子……

老爸，我心已定，尽快闲下来陪陪您！

转变民风的一则故事

某日午饭后，睡意来袭，我便躺下了。随着一阵沉闷的鞭炮声，我从梦中惊醒，疾步走下楼，院内已挤入不少围观的群众。只见人群当中一村民，一只手攥着一叠黄表纸，另一只手正试图用打火机点燃黄表纸。工作队队员老张和陈副队长二人急忙上前，夺下该村民手中的黄表纸和打火机。之前的鞭炮声，应该也是该村民所为。

图为作者与老熊愉快交流的画面。

我走近该村民，一看，认识，是老熊！我一脸严肃地问："这是办公场所，怎能任你胡来?"老熊像受了天大的委屈似的，喘着粗气，一阵刺鼻的酒味扑面而来，嘴里喃喃地说："我已经没钱生活了，今天来，就不打算活了！"我安慰道："办法总比困难多。今天你喝了这么多酒，没法正常交流，明天上午上班时间你来找我！"老熊一边充满期待地望着我，一边说："好，我明天一早来找书记。”说完扭头离开了村部。很快，围观的群众也陆续散去。

第二天一大早，我便拨通了老熊的电话，听对方的声音，明显没有了昨天激动的情绪。他心平气和却略带委屈地说：“书记，这么早？昨天是我做得不对，还请你多见谅！”我告诉他上午9点有个会，让他8点到村部，说完便挂了电话。

8点一过，我便在村部会议室召集村包片干部、工作队队员及村民老熊参加专门会议。会议一开场，我便开了口：“今天召集你们来开会，主要议题就一项，村民老熊来村里放鞭炮、烧纸钱一事如何处理。先让老熊说说昨天咋回事，自己有何委屈，对自己昨天的举动有何认识。”

老熊介绍说，之前自己因为肾病无法从事体力劳动，于是申请办低保，可是申请书已经递交多日，却一直没有音讯，打电话向村干部询问也没人接听。昨天朋友请他喝酒，酒后越想越气，于是借着酒劲就来村部发泄一下不满的情绪。

我请参会的每一位同志发表意见，大家都对老熊的所作所为进行了严肃的批评。起先，老熊还时不时地分辩几句，后来就低着头一声不吭了。我见“效果”差不多了，总结性地说道：“刚才大家对你的批评教育，你可服气？”老熊低声说：“我错了，我服气。”我接着说道：“长乐村村委会是政府服务群众的窗口，由不得任何违规违法行为来扰乱正常的秩序。来长乐初，我就发现村里有一个怪现象，来村里办事的村民有些动不动就大吵大嚷，甚至动手动脚，以为只有这样才能办成事，殊不知，这既是一种不文明的行为，更是一种违法行为。新时代不允许，打造平安长乐也不允许！最近开展的扫黑除恶专项斗争，就是针对农村的黑恶乱进行整治的专项斗争，还百姓一个安定、和谐、幸福的环境。我一直在试图扭转这种现象，只要来村里办事，有乱吵闹、动手脚等不文明行为不听劝阻的，其相关事项一律停办，直至其心平气和好好说话为止。

现在的村委会办事热情周到、高效便捷，努力为群众服务好是我们的职责，但是绝不容忍胡搅蛮缠、无理取闹的行为！”参会的同志纷纷表示认同。

我接着说：“老熊昨天的行为可大可小。公然在长乐村村民委员会办公地点放鞭炮、烧纸钱，这显然是破坏社会公共秩序，妨碍政府正常办公，是要报警处理的。但我们没有这样做，主要念及老熊是初犯，又喝了酒，在我们的及时制止下也没有出现严重的后果，否则，老熊今天就不可能坐这里开会了！”

通过大家的说服教育，老熊认识到了自己的错误，并表态下次绝不会再犯。这次会议既是一次有效制止不文明陋习的工作会议，又是一堂让当事人及村干部集体接受生动教育的警示课，此举让转变长乐民风又向前迈出了坚实一步。

一张照片引发的思考

五方村民组一户丁姓老夫妻，膝下四个儿子，都已成年并有了各自的生活。逢年过节，儿子们除了带着礼品探望两位老人外，临走时多少也会留点赡养费以示孝敬之心，老两口的晚年生活也算是幸福快乐的。

图为老丁夫妇交流的画面。

一日，我走访路过老丁家，男主人坐在门前一只小板凳上正用力劈柴，女主人蹲在一边和老伴说笑着。我见此情景，悄悄举起手机，记录下这一幕温馨的画面。当夫妻俩发现后，邀请我进屋歇歇时，我连忙说："你们忙吧！我还要趁天气凉快多走访几户人家，过两天我把照片打印好给你们送来。"夫妻二人急忙表示感谢："谢谢书记，你整天来回跑，真是太辛苦了。长乐村有了你，就大有希望了！"我回答道："应该的，谢谢你们的理解和支持！你们忙吧，再见！"

过了几天，丁姓老夫妻的二儿子给我打来电话，询问走法律程序主张自己权益一事。我通过微信发去那天拍的照片，并问他："你可认识照片上的人？"他回答道："嘿嘿，父母可不敢忘记！"我说："看看，多么幸福的老两口！如果长乐村的老人们都像你父母这样，我作为村书记将感到无比欣慰。"

又过了两天，一大早，我正在修改材料，只听到村部大门口一位老者在高喊："邢书记，邢书记在吗？"我开门探出头，只见老丁正在四处张望，我连声应道："你好！老丁，有事吗？"老丁一脸严肃地问："你把我和老伴的照片给我儿子看了？"我说："是呀！咋啦？"他回答道："我一猜就是这个情况。否则，不过年也不过节，没事给我寄来5000块钱，非要叫我把洗澡间改造一下，装个浴霸，这样洗起澡来既舒服又不冷。其他几个儿子，你500，他1000，也给我寄钱来。"没想到，这张照片竟有如此神效！见到老丁开心自豪的神情，我也为他高兴！从老丁的话语中，我明白了：二儿子看了照片，听了我的一席话，觉得常年在外对父母疏于照顾，孝敬老人不应该只是逢年过节的一点礼品和金钱，而是平时要更多地给予父母关爱，那才是父母的真实希望和需求。

我来村里一年多时间里，有一个问题一直困扰着我，不少想要办理低保的老人表面看来确实困难，可再进一步深入了解后就发现并不是那么回事。一张照片，让我再一次就子女赡养父母问题陷入沉思：为何有些老人有儿有女，子女们小汽车商品房、穿金戴银生活奢华，但就是不管亲生父母死活，孝道之心哪里去了？前几天，有一位年迈的老母亲来申请办理低保。我在走访中发现，老人居住的房子又矮又破，石棉瓦盖顶，白天亮光穿透屋顶撒在地面和床上，墙面上是斑驳的光点，这样的房子下雨天肯定漏水。我忙问她："大妈，你的儿女住哪里？"老母亲指指马路边不远处一座三层楼房说："那是小儿子的。""那你为何不搬去一起住？""和儿媳妇处不到一起去！"据说老母亲膝下有三个儿子，家境都不错，这种情况明显不符合享受低保的条件。

村里有对老夫妻义务看护野生扬子鳄几十年，从未向国家和政府伸手要过一分钱。为了弘扬这种奉献精神，政府后来每年给老人一点补助。但随之麻烦也降临到这对老夫妻头上：膝下四个儿子为争夺野生扬子鳄看护权，实则为了获得政府的一点补助，一时间亲情关系剑拔弩张，老人原本平静的生活就此被打破。

究其以上原因：一是低保政策宣传不到位，流程不明晰；二是部分低保办理人员业务不精、识别不准；三是有些地方的低保领域还存在不公平现象。以上种种原因使得有些子女要么想方设法给父母或自己办理低保，要么不履行赡养父母的义务，将其推给政府和社会。无论从道德层面，还是从法律层面，都有治理的依据和手段，只是一旦动用了法律武器，最终捍卫了弱者的合法权益，但同时父母与子女之间势必反目。

对于成年子女不履行赡养老人义务，需要道德层面的宣传、引导，也需要加强法律的监管。低保管理更应该努力实现动态化管理，对于符合条件的应保尽保；反之，就要斩钉截铁、态度鲜明地退保，切实实现真正的公平公正。

一件令人心热的事

一次走访贫困户时，一位杨姓老人，约莫有70多岁，患有哮喘，想请工作队给他提供一台旧空调，在天气炎热之时缓解胸闷。

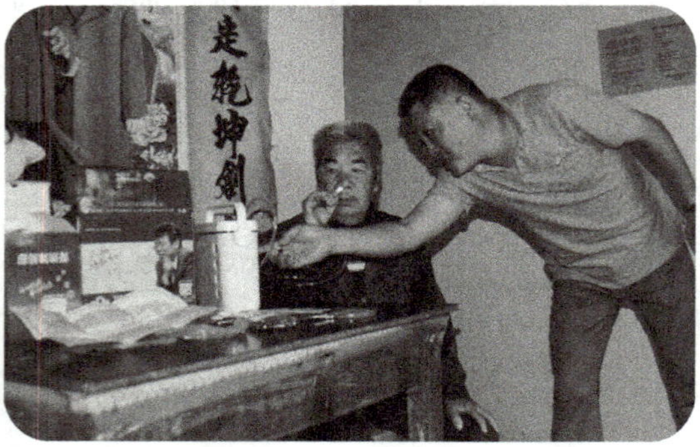

图为作者送给杨挺秀老人的制氧机，并手把手教他使用方法的画面。

这件事我一直记在心里，思考来思考去，搞台二手空调不是问题，就是买台全新的空调也是可以办到的，关键是装上空调的困难户除了需要承担一笔不小的电费开支之外，70多岁的老人头回使用上空调，要是贪凉，身体难免会有“不适”，万一没有缓解他的胸闷，反而却增添了麻烦，伤害了其身体，那就适得其反了。

好事一定要办好！于是我想到了家用制氧机和电风扇，抓紧时间，说办就办。因为远离市区，加上一周才回家一次，怕耽误时间，于是我立刻上网搜索，很快找到了氧立得和制氧剂。

在和卖家交流中，当卖家得知我购买制氧机是为贫困户解决实际困难时，慷慨承诺，收货后让我把老人使用制氧机的图片发给他，他负责返回全部货款。我说不用，他坚持道：扶贫攻坚，也算上他一个！好人呀！我心好热……

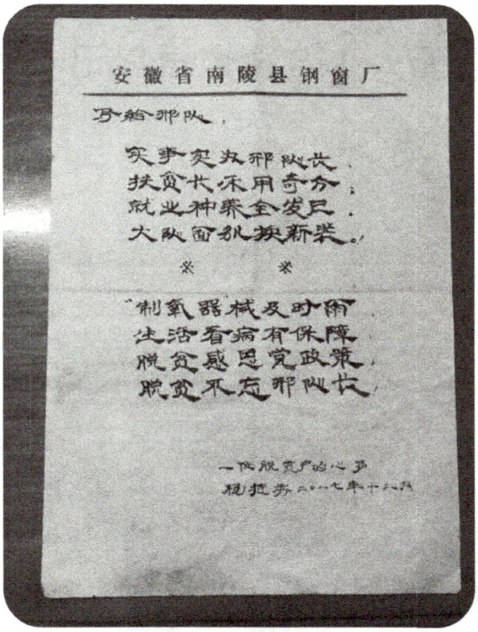

安徽省南陵县钢窗厂

写给邢队，

实事实办邢队长，
扶贫长怀用奇方；
就业种养全发展，
大队面貌换新装。

※ ※

"制氧器械及时备，
生活看病有保障，
脱贫感恩党政策，
脱贫不忘邢队长。

一位脱贫户的心声
杨挺秀 二〇一七年十二月

图为杨挺秀老人给作者写的打油诗。

群众事情无大小，再忙再累记心间

距离领导来村里慰问还有十几分钟，我又把村部上上下下、里里外外仔细检查了一番，确定无问题后，正准备去村部大门口迎接时，村委会副主任跑到我面前，低声说：“服务大厅里椅子上躺着一个人，此人来意不明。”我回答道：“走，去看看。”

图为长乐风光（四）。

我们走进服务大厅，只见一位身材矮小的人缩在一边的长座椅上。我弯下腰，问道：“怎么了？哪里不舒服？”只见躺着的人睁开眼，嘴里轻声说：“路走多了，感觉有点累，在这里休息一下。”我说：“好的。”说完转身叫副主任和另一位工作队队员将他扶到餐厅里休息。

送走了前来慰问的领导，我迅速折回食堂，只见来者正低头吃饭，不一会儿，一碗饭就下了肚。他抬起头望望我，我开口问道：

“吃饱了？”来者点点头。我就走近他，坐下，问道：“你是哪个村民组的？叫啥？”来者回答道：“新屋纪，纪开宝。”我又问道：“老纪，你生活上有何困难？”老纪回答道：“我是特困供养户，住的房子一直漏雨，窗户也坏了，村里答应帮我修，但是一直没动静。我生病住院了，出院后没两天遇见村里包片干部，我问我的房子啥时给修？干部回答说，时间过了，以后再说吧。我急了，只要下雨，我的房子就没法住。窗户坏了，大冬天只能用张板子临时挡上，风是不透了，整个屋子一点亮光也没有，大白天也要点灯，负责的干部说他也没办法，于是这几天我就在村部外转，知道春节来临，有领导来村里慰问，想向他们求助一下。”

听到此话，我才弄明白是怎么回事。之前是收到包片干部的信息反馈，但是因为有其他工作在身，没将此事重视起来，于是我答复老纪：“下午先去你家实地查看，然后再作下一步的打算。”老纪吃饱喝足，点头同意后便回家了。

午饭后，我和队员老张骑上电动车去了新屋纪，来到老纪家。我们里外转了一圈，并随老纪到卧室查看了几处漏雨的地方。在和队员老张商量后，我们开始征求老纪意见：房子确实漏得厉害，年内没几天了，如果不下雨，先安排人把漏雨的地方修一下，窗户换张薄膜先封起来，过完年安排人给老纪继续申请危房改造。老纪连连点头：“谢谢书记！”

群众事情无大小，再忙再累记心间。

心灵感应

一日清晨，我的帮扶对象老疏来电话，告诉我他女儿在医院情况不太好。我急忙问：“咋啦？”老疏回答道，具体情况他也不清楚，昨晚医院来电话叫他今天去一趟医院，他现已经在去医院的路上了，回来再告诉我详情。我安慰他说：“路上注意安全，有什么需要我帮忙的就电话联系。”电话那头只剩“嘟嘟”声了，我也不清楚老疏听全了没有……

图为作者入户帮扶对象家中指导填写扶贫手册的画面。

傍晚将近5点，老疏急急忙忙来到村部，见到我开口就说：“我的女儿心脏一直不好，最近心跳速度突然快了许多，医院怕出问题，就通知家属去，今天我在医院待了大半天。你说奇怪不奇怪，刚去时，女儿的情况不太好，医院叫我做好转院的准备，我心里着急，口袋没钱怎么转院？我想给你打电话，但又不好意思开口，平时已经给你添了不少麻烦了。正在我犹豫不决的时候，医院又通知我，女儿心跳平稳了，观察一下如果没问题，就可以不用转院了。我真的好开心！得到医院不用转院的通知后，我便返程第一时间来告诉你。”

我迎他进屋坐定，泡了杯茶端到老疏手里，只见他起身说：“谢谢书记！你说怪不怪？前几天，我梦见去世的老父亲，梦里他也没有说什么，那几天我昏昏沉沉的，干活也没劲。书记你知道，前阵子我请两位朋友帮忙，把大门口的棚子搭起来了，洗漱、洗衣服就不会淋雨了；我又在门前的空地上把鸡棚建了起来，这下养上几百只鸡肯定没问题。明年春天多逮点鸡苗，可以好好地干一场！可惜又遇上女儿生病，真让我头昏脑涨。”我仔细听着，顿了顿说：“你看看我这么分析可有道理，梦见老父亲和女儿的身体告急，是不是都是亲人在惦记你，不要你操劳生活太过辛苦，亲人们和你有心灵感应，暗示你注意身体，避免劳累过度。”

老疏两眼透过厚厚的镜片盯住我，嘴里喃喃说道：“书记，你太神了！分析得太有道理了。我这已经戒掉白酒快一个月了，听你的，不要太辛苦，否则累倒了，谁照顾老娘，谁又来照顾我和女儿……”

倔强的老熊终被说服

老熊，时年81岁，耳不聋眼不花，家住高彭村民组的他每日清晨3点多起床，骑上一个多小时的三轮车到批发市场，批回猪肉零卖，一天能挣上几百元钱。倔强的他，从来不服输。

图为长乐风光（五）。

一日，坝拐村民组组长老胡来电话说，坝拐修抗旱站需要运砂石，路线经过老熊家门口，然后拐弯到坝拐，就在转弯处有颗歪脖子树影响了车辆通行，需要砍掉，老胡与老熊商量不成，还发生了口角，便向我求援。我急速赶往出事地点，远远就传来了争吵声。

刚走近，老胡便朝着我走过来："书记来了，你评评理，说好了树砍了给300元，这不又反悔要500元。"老熊三步并两步冲到我跟前："书记，你跟我来！"我这边还没有听完老胡的叙述，老熊就一把拉上我朝前走，走了约百步距离便停了下来。老熊开口说：

“书记，你来评评理。高彭村的水泥路与坝拐的水泥路在这里接头汇合，高彭村修路大家都花了钱，而差不多时间修的坝拐路却是国家掏的钱，你说公平不公平？”我回答说：“这个情况我不清楚。这样，回村后，我了解清楚了再答复你，行不行？”老熊说：“行！”我接着说：“坝拐修抗旱站，也不是坝拐一个村民组用，涉及高彭、大彭等多个村民组。运砂石走你家门口经过，有棵树碍事，说定的价为什么又反悔？一码归一码，马上安排人来砍树。修路的情况，我尽快给你答复。”老熊基本应允了，事情原本可以平息了，可是老熊的妻子不知何时与老胡拌了几句嘴，忽见老熊疾跑几步冲到了老胡面前，伸手抓住了对方的衣领，老胡也抬高双手用力地阻挡，就在这一瞬间，老熊突然身子往后一仰，重重地摔在了水泥路面上，一动不动。在场的所有人被这场景吓住了。我急忙走上前，弯下腰叫了几声：“老熊，老熊，你怎么样？”老熊没应声。此刻，站在一边的老熊的老婆不急不慢地说：“老熊的血压这几天很高，高压220，低压160。你老胡跑不掉，你书记也要承担责任。你俩是一伙的！”我狠狠地瞪了她一眼，叫工作队队员王平打“120”，不一会儿，救护车就载着老熊奔向县医院。

第二天中午，我带上工作队队员张明华、王平和老胡，买了点慰问品，去县医院探望老熊。最终，老胡和老熊握手言和了。

几天后一个清晨，老熊独自来到村部，说要找我。我将老熊引入房间坐定，给他沏了杯热茶，便问道：“老熊，这几天在医院身体可好？”老熊回答道：“身体还好，就是没有钱缴费，医院停了吊水。今天就是来找你书记弄钱缴医药费的。”我说：“你有好几个子女，能不能让他们先垫付一下，出了院再来村部处理？”老熊连连说：“那就这样便宜了老胡？”我说：“怎么是便宜了老胡？事发当天我就严肃批评了他，不管你老熊是否反悔，作为小队长的老胡都不应该与老百姓发生矛盾，更不能与其动手。第二天，老胡不就去医院看望你了？等你出院，村里肯定会秉公处理这件事的，你还是去找子女先垫付药费吧!”老熊默不作声，不一会儿就起身走了。

半个月后的一天，老熊来村部嚷嚷要村里秉公处理之前的纠纷。我接待了他，只见他消瘦了一些，但精神依然不错。我说：“你有什么要求?”老熊说：“其他不多说了，把医药费给我就行了。”我问他一共花费了多少，老熊回答：“一共2800元，村里垫了800，我掏了2000。”我说：“给我几天时间，等把老胡的想法摸清楚了，再把你俩召集到一起来商量，可以吧?”老熊点头同意。

为了稳妥处理这件事，第二天我和老胡进行了沟通。老胡虽一脸委屈的样子，但在我的说服下，最终同意掏点医药费。我又与城东派出所取得联系并得到支持，约定好第三天上午来村部进行调解工作。一大早，老胡、老熊及老熊家属如约而至，派出所也派来了三位民警，部分驻村扶贫工作队队员以及村“两委”成员也参与了调解，村部小会议室里座无虚席。我首先开口说道：“今天召开的会议只有一个议题，就是处理老胡和老熊的矛盾，先由双方简要描述一下当时的情况。”老熊先开了腔，之后老胡也叙说了当天的情况。双方都说完后，由派出所民警发表意见，重点是产生的医药费如何处理，建议双方各负担一半。老胡没说啥，老熊站起来说：“不合理，应该由老胡全部承担。”老胡表示不同意。就在双方各执己见之时，我开口说道：“本不应该发生这种事，起因看似砍树的价钱有反复，实质是对修路出钱有意见。经了解，坝拐的修路属于村村通项目，是国家全资；高彭修路路基是由村民集资，路面是国家全资。这两条路的修建时间也有差别，相差一年多时间，这就是真正的原因。老熊，你可听明白了?”这时老熊点点头。“老胡作为村民小组长，虽然是为了集体的事情，但是也不能与村民打架，这不仅仅不文明，也给村干部脸上抹了黑，造成了极其恶劣的影响。就冲这点，老胡应该多承担点老熊的医药费。”这时，老胡的家属站起身说：“书记说得有理，我代我家老胡表个态，不管书记定多少，我们没意见。”我问老熊：“你的意见呢？”在一边的老熊的家属阴阳怪气地说：“村民组长就能打人了？我家老熊被打了，还要承担医药费，这是哪般道理呀？没找你要营养费、误工费、精神损失费就不错了。医药费应该由打人的人全部承担。”老熊瞪了他老婆一眼，然后回头对我说：“大队长，我可是好说话的人，其他这费那费我都不要，只要把我的医药费解决了就成。”我见这样下去调解也不可能会有结果，于是开口说道：“既然老胡高姿态，老熊不买账，那就过几天再定吧。今天就到此，散会！”

没过几天，老熊急了，直接来村部找我，恳求我抓紧处理医药费的事情。我不急不慢地说：“不是我不抓紧，是你家属不配合。已经让老胡多承担了一部分，你又不同意，我咋办？村里不是就你一家有事，每天都遇到这样的纠纷，我还怎么能正常办公？你血压那么高，吃药了吗？”老熊说：“没有。”我继续说道：“不吃药是不行的，先办个慢性病卡，吃药费用自己就掏不了多少了，有空我来帮你办。”老熊接过话茬：“书记，我就相信你，心里始终装的都是我们。书记，你说吧，多少钱我都认了。”倔强的老熊终于被说服……

“融化”老周的启示

老周，2014年建档立卡贫困户。他向村里提出要解决其厨房漏雨问题，帮扶责任人反复与他解释他的情况不符合危房改造政策，但我还是向他承诺：“村里尽量想办法给你补贴一些，但是你自己必须掏点。”他不同意，坚持全部费用由村里承担，遭到拒绝后便四处上访、投诉，一天打两次市长热线，弄得工作人员整天忙着为他回复调查结果。

图为长乐风光（六）。

驻村扶贫工作队队员与村“两委”成员对于此事形成了两种意见：一是给他解决全部修房经费，省得麻烦；一是反对费用全包，因为他反映的有些情况与事实不符，应该让他自己承担一部分费用，否则不知以后是否还会提出其他要求。经过一番争辩，最终赞成第二种意见的人居多。于是，我们明确答复他，村里和他自己各掏一部分费用解决其厨房维修问题。

后来发生的一次事件，从根本上扭转了事情的局面。老周的儿子摆水果摊时，因为不服从城管管理，并挥动手里的水果刀与城管发生冲突，最终被警察制服。后经派出所教育释放后，老周的儿子并没有从中吸取教训。时隔不久，在一次鸭子买卖中，其子又一次不服从管理，与城管发生身体冲突。这次属累犯，性质十分恶劣，被公安机关刑拘。此时的老周像泄了气的皮球，耷拉着脑袋，来村部求助，往日的气势全没了。

大家努力一边安慰他，一边答应帮助他。我趁机对其开展法制教育，结果事半功倍，首次“融化”工作初见成效。

对老周开展思想教育工作给我以下启示：第一，只要有耐心，就算对方想法有点偏执，终究可以打通其思想壁垒，教育者的自信心是解决问题的关键；第二，将其偏执的想法朝着设定的方向引导，这就需要事先做足有关功课；第三，结合身边的实际案例普法最有实效，越是直接，越有震慑力；第四，对话交流中，要让对方充分宣泄自己负面的情绪，这是改变其偏执想法的前提；第五，找准其诉求点，让他意识到困难问题是有希望解决的，应该多配合、多倾听，积极沟通，有问题来村部反映，有困难来村里寻求解决方法才是正道！老周享受了政府的不少惠民政策，村部是代表政府落实政策的办事机构的所在地，这样一来就唤醒了他的感恩之心。只要以诚相待，问题终会解决……

一张照片的“奇效”

某日，一位驻村扶贫工作队队员随意的一句话，引起了我的注意。他说，连续的加班弄得自己夫人意见很大，都影响到了自己的工作情绪。经深入了解才得知，这名队员的孩子很小，由于不间断的明察暗访、大排查整改以及日常繁重的统计报送工作，常常使得他在妻女熟睡中就起床离家上班，加完班回到家中妻女又已熟睡。日积月累，夫妻俩摩擦不断……

图为陈修原副队长一家三口。

了解此情况后，我琢磨如何去帮助他解决困扰，尽快让他恢复到正常的工作状态中来。很快，我计上心头。我找来那名队员，开口便说：“这段时间工作确实压力很大，检查、整改、统计、报送，连我都有点喘不过气来。但比起去年此时的村出列、户脱贫工作，还是要轻松一些。那段时间，全体队员多日吃住在村里，每天晚上加班，没有夜里12点前休息的。记得有一次，大家加班到凌晨4点多，还召集开分工会，会罢已经天亮，大家这才回寝室休息，一会又起床继续工作，一天睡不了几小时。但大家还是硬挺着，因为心里都清楚，工作干得好坏，直接决定咱们村是否能如期摘掉贫困的帽子，当时大家的工作压力都很大。那段时间，连老队员也与家人闹别扭，家人最常说的一句话：怎么这么忙？真有那么多事情一定要起早摸黑？表示严重的不理解。但当家属来村里探望后，都给予了最大限度的理解和支持，也正是在全体工作队员和村“两委”成员精诚团结、任劳任怨、奋力拼搏及全体家属的理解支持下，长乐村才如期实现了攻坚脱贫的工作目标！当时，要是有一名队员工作情绪不稳定，都将影响整个队伍的工作效率和质量。你夫人有意见完全能理解，我应负责任。这样吧，回去给你夫人带句话，请她在国庆节期间来村里转转，也了解一下我们的工作环境和工作状态，我给你们一家三口拍张照片如何？”这名队员听了我的一席话，连声说：“谢谢！谢谢！回去解释她不听，这闹矛盾已经有些日子了。请她来村里亲身体验一下我的工作环境和工作状态，这主意太好了！再给我们一家三口拍张照，那我夫人一定会很开心的！我这就去打电话和夫人说。”望着他远去的背影，我也觉得一身轻松。

一日，手机急促地响起，一看，是那名队员打来的，接通后就听对方说：“书记，今天我夫人和孩子来村里了，想见见你，并请你给毛毛拍张照呀！”我忙问：“今天几号？”他回答道：“10月6日。”我“啊”了一声，连忙说：“不好意思，今天我要在县里面参加迎接‘大排查’整改督查会议。要么这样吧，你先带她们在村里转转，会议结束后我就赶回来，能赶得及就拍，赶不及我就明天登门去拍！”电话那头回道：“我知道了，书记，不用急赶的，你先忙你的！”

第二天下午，我如约来到那名队员家中。进门刚坐定，就见女主人从里屋出来，满脸不好意思地说：“书记，真是麻烦你了，昨天要不是亲眼所见，我确实不理解扶贫工作如此辛苦！听说你今天来家里给我们拍照片，我心里很感激。你那么忙，还考虑到这么多细节，我真的很佩服你！书记，请放心，我一定支持我老公的工作，也算是扶贫队员的家属对扶贫工作的一份敬意吧！”我说：“谢谢你的理解和支持。今天来首先是赔个不是，约好来村里拍照片，临时接通知开会，让你娘俩白跑了一趟。不过，让你去现场感受一下扶贫工作的氛围也不错，否则，不了解扶贫工作的真实情况，也很难支持我们的工作。把孩子抱出来吧，我们去拍照！”一下午，我用心给他们一家三口拍照。那晚，那名队员的岳父岳母也赶来了，表态一定理解支持女婿的工作，全力帮助女儿照应好孩子，还硬是留我吃了顿晚饭……

为姚老师点个大大的赞

一天清晨，随着一阵急促的电话铃声，我看见手机上显示“姚天保”三个字，接通后只听电话里传来姚老师微弱的声音：“大队长，昨天晚饭后，我出门散步被面包车撞了。休克了几分钟，家里人把我连夜送到江苏省人民医院。经过抢救和监护，现在已经没有危险了，内脏检查要等到周五拍片才晓得。”我惊讶之余，急忙问道：“撞得不轻啊！否则怎会连夜送到南京去？肇事司机可抓到了？”姚老师回答说：“嗯！”我安慰他：“你安心休息！”姚老师说：“我打电话一是告诉你我的情况，二是请其他同事辛苦一下，帮我收一下群众的水费，毕竟快过年了，百姓要是断了水就麻烦了。”我连忙说：“你先安心休息，其他的事情我会安排好的。”

图为工作中的姚老师。

上午一上班，我便和村书记碰了头，动员驻村扶贫工作队队员和村“两委”成员献爱心，自愿捐款慰问姚老师。不一会儿，3800

元的捐款就悉数汇集到工作队队员张明华的手中。安排好手头工作，我就和张明华带上全体同事的祝福启程冒雨奔赴南京……

路上，我给姚老师发微信："好好养伤，刚刚进入新年，大难不倒必有大福！"姚老师回复："你是我的福星，也是我的指路人，有你在我什么都不怕，再大的困难都会逢凶化吉的。谢谢，谢谢你。这辈子能遇到你这个好朋友，也是我的造化。"我回复说："下午我和明华过来，代表全体同事来探望你。"姚老师回复说："不用，不用，千万不要来！有可能下午就回芜湖，这边的床位太紧张。真的，邢书记，你不用来，等到检查结果出来我告诉你。"我说："那我来接你回家也行。"姚老师答复道："你有这份心意我太感激了，真不需要来。"我回道："我们已出发了。"

一个多小时，我们便来到了地处南京市广州路300号的江苏省人民医院急诊部。当见到我和明华时，姚老师非常激动。接过代表全体同事心意的慰问金时，姚老师连连说："谢谢大家，但是这钱我不能收！"我说："这是大家的一番心意，不要不妥！"姚老师这才收下……

也就是在姚老师被撞的第六天一大早，姚老师给我发了一大段微信："邢书记，上午到村里收了1000多元水费，下队帮助五户人家接通自来水，还有两家明日再去把智能水表激活。我下午要到县医院继续吊水。邢书记，上午我把同事们给我慰问的钱都还给了他们，我知道这是你和同事们的情和义，这份温暖比金子都贵重。这份情义、这份温暖我收下了，但是钱万万不能收。那天你和明华去南京看我，我告诉了我的夫人和孩子，我们全家都激动万分！我姚天保何德何能让你和同事们这样对我，谢谢你给我的所有帮助，那是不能用言语报答的。我只能在今后的工作中努力做好自己的本职工作，尽力而为，发挥余热。只有这样，才能报答你和同事们金子般的情义……"

读罢，我被姚老师的境界所折服，敬佩之情油然而生。我情不自禁地要为姚老师点个大大的赞！

一天遇见三件“怪事”

“怪事”一

头一天晚上一袁姓村民来电话：“邢书记，我正坐在床上，一手拿手机打电话，一手在打伞。因为外边下大雨，家里屋顶漏雨连觉也不能睡。”我答应第二天下午去他家看看具体情况，安慰他今晚先想办法对付一夜。

图为作者与帮扶对象算账的画面。

第二天午饭后，我和老张坐上电瓶车直奔汪村村民组，也就五六分钟光景便来到了袁姓村民家门口，只见他人已坐在门前等候多时。见我们下车，他急忙迎上来，双手握住我的手说：“书记，你真来了，我还以为你不来了。”我说：“答应你了肯定会来的，带我去看看房间漏雨的地方。”随后，我们一前一后走进了他的卧室，只见床上还能看到几处潮湿的地方，天花板上有斑斑水迹，房间里不时散发出阵阵霉味；再来到屋外，墙体也多处剥落，都能看到里面的红砖。我感叹了一声："确实不能住了。"

事先了解到这位袁姓村民不符合危房改造的条件，于是打电话叫来维修人员现场测算维修房屋需要花费多少钱。当得知需要2500元就可以把房子维修好时，我便说："明天不下雨就开工，钱我来出。"袁姓村民急忙说："书记，你自己掏钱？那不行，我不修房了。过两天我准备出去打工，等挣到钱再回来修。让书记为我掏腰包，不妥！谢谢了，真的不麻烦书记了！"我迟疑地问："不是你叫我来给你解决房子漏雨问题的吗？怎么又不修了？"只见袁姓村民十分认真地说："书记，是这样的，我原先向村里反映了许多次，没见来一人。昨天和书记说了一下，你今天就来了。我信服书记，不仅来了，还要自己掏腰包给我修房子，我手脚好好的，应该自己挣钱修房子，绝不能让书记为我花钱，不妥不妥！书记你走好，我不麻烦你了！"

"怪事"二

从袁姓村民家中走出来在回村部的路上，邻村一鲁姓村民打来电话："是邢书记吗？"我应声"鲁老哥"，只听电话那头传来了阵阵笑声："不叫你书记了，兄弟啊！向你汇报件事。上午，我在你们村缴电费，一辆白色小汽车倒车时把我停在门口的三轮车撞翻了，车前梁也给撞断了，不给我一千块钱不能解决问题。于是我出门拦住白色小汽车，车上一个戴眼镜的小伙子下车道歉，我心里好过点。但车梁断了，修车钱肯定是要给的，我说小伙子，车坏了，没有一千块肯定修不好。小伙子问，要这么多钱？我回他，就这修起来还不一定够！小伙子焦急地说，老师傅，是这样的，镇上急要一份材料，他赶过去送材料，因为心急把车撞翻了，真是对不起，身上也没那么多钱，他在长乐村工作，回头他从镇上回来让我去村部找他。他一说是长乐村的，我就问他可认识邢书记？小伙子连连点头。我回答说，那你抓紧送材料去吧，不用你赔了！小伙子不相信，睁大眼睛望着我，我提高声音，你今天可是走运了，邢书记的人不用赔了，快去吧！”一阵笑声后，电话里接着说，“老弟，咋样？老哥不是那种不讲理的人吧！打交道时间长了你就知道了。”

又是一阵笑声，我感觉就像是在做梦，不由自主地连连说：“谢谢老哥，谢谢老哥！改日登门，当面答谢。”

“怪事”三

距晚饭时间还早，我便又去了我的帮扶对象——徐姓贫困户家中走访。一进门，就见老徐躺在靠椅上，闭目养神，听见动静，睁开双眼朝门口张望，见是我，便一骨碌坐起身来，开口说道：“书记，你这么忙，还天天来看我，让我心里面不好受啊。”我说：“哪里话，是顺路来看看你，药吃得效果如何？”老徐说：“有效果，中药见效慢，但是有效果，我天天按要求服用。我记住你说的话，要开开心心地过好每一天。要不是你鼓励我，我活不到今天，你是我的救命恩人！”我连连说：“这都全靠你自己。每天与疾病、疼痛斗争，一步一步走到今天，不容易呀！老徐，我内心真佩服你，要为你点赞！”老徐不好意思地说：“你经常来开导我、鼓励我、安慰我，总之，没有你，就没有我的今天。对了，书记，还记得前段时间我向你提出死后不想火化想土葬的事吗？我想通了，国家要求火化，我就不应该再有土葬的想法，这是不对的，也给你书记为难。我决定火化，之后把我的骨灰撒到田里就行了。我没有什么牵挂，唯有不能忘记书记对我的关心和照顾。”我听罢，一开始以为老徐病糊涂了，但他神情严肃、思路敏捷、话语清晰，绝非糊涂。许久的开导、不断的安慰、一直的鼓舞，使他真正从迷茫中振作，正视人生和病痛，此刻，我从内心里燃起了对他的敬佩之情……

老纪的快板表演

老纪家住在落弓桥组，是2014年建档立卡脱贫户，户内只有他和老伴两人，无生育子女，妻子精神残疾。三年半的驻村扶贫，我与老纪来来回回打了数次交道，渐渐发现他改变了很多。

图为作者与老纪交谈的画面。

驻村扶贫伊始，某日，我走访去了他家，老纪的住所是祖上传下来的老屋，中间客厅，东西厢房分设左右，后面是厨房厕所、农具杂物间，最后面还有个院子，种了点蔬菜，家里内外被老纪收拾得井井有条。老纪70多岁，一见面就说："大队长，我的生活没法过了。"我问他："咋啦？"只见他板着脸说："我和老婆每个月都要吃几百块钱的药。"我应声问道："还有啥开销？"老纪眯着眼，感觉像是在思考，又好像是在打量我的神情，嘴巴里没有了声音。我接着说："你肯定困难，否则怎会成贫困户？但是这些年国家的扶贫政策也在不断完善，贫困户不能全指望国家，还需自己使把劲。就拿你来说，不能做体力活，但不是不能做些力所能及的事情呀！这样吧，你可以带头把家里的卫生搞好，同时做好宣传工作，让邻居们学着你的样子也把各自家里的卫生搞好，这样整个落弓桥组卫生情况会大大改善。”老纪听罢，半信半疑地说：“我行吗？”我说：“行的，一定行！村里考虑给你发一些适当的补贴，你说干不干？”老纪点点头：“我干，我干，我一定能干好！请大队长放心。”你别说，一段时间下来，落弓桥组的卫生状况确实有了新变化。

转眼到了2018年下半年，一天，老纪来村部找我，说为我创作了一段快板，我感到十分惊讶。一见面，老纪就迫不及待地展示了他的“表演”，只见他通过口技发出快板的“踢踏”声，紧接着嘴巴开始念叨起来：“快板声起把人夸，今天夸夸我们的大队长，大队长不简单，来到咱们贫困村，修河道退低保，全村老小齐声夸……”看着老纪有模有样地认真表演，我内心涌动着阵阵暖流，好温馨的场面。其实，也就一年多时间的相处，一件实事一件实事地给百姓办。我被老纪的快板表演融化了……

用诚意打动群众

来长乐驻村扶贫的一次走访中，发现大彭村民组一户的平房墙体开裂严重，问房主是谁？村干部告诉是丁大头的母亲。“丁大头”是绰号，四十来岁，夫妻二人养育了两个女儿，大女儿已经工作，小女儿在读大学。平日里丁大头自种几亩地，收割季节就开着改装的收稻车满地收庄稼，做着稻谷收购生意，当地人管他叫“橡皮砻”，一年收入在当地算不错的。自打丁大头的妻子患上尿毒症，多年的积蓄很快就花光了。于是，在一次困难群体走访中，我把丁大头列进了名单，那是我第一次与丁大头面对面交流。他中等个头，很是强壮，讲话不紧不慢，面部始终没有笑容，与我寒暄了两句后说道：“你是村里新来的书记，我有困难需要你帮我解决。”我感觉他很直爽，便说：“只要能做到，我乐意效劳。”他接着说：“我母亲住的房子是危房，我向村里反映过多次，终于在前两年得到了一次修缮的机会，我拿了4千多元，

图为作者与丁姓村民交谈的画面。

等镇上来验收，结果却说我母亲的房子修缮得不行，那我拿的4千多元也就打水漂了，一分钱补贴没有。之后，村里还要我继续修房，以便争取补贴，我放弃了。可是眼看这几年我母亲的住房条件越来越差，我又想拿钱给母亲修缮房子，可我老婆的病已经花光了家里所有的积蓄，我只能干着急，求求书记给我想点办法。”我接过话茬：“我刚来村里，先了解一下情况再答复你吧！”丁大头举手作揖，连连说：“谢谢书记了！”

离开丁大头的家，我心里在想：丁大头算是个孝子，只因力不从心，所以请求村部支援。回村与村“两委”成员碰了一下头，得知大家都很同情他，于是我联系了镇建设办的王主任，把这户情况重点跟王主任介绍了一下并寻求他的帮助。没几天，王主任带着镇建设办一行人便来到村里，并在我的陪同下一起去丁大头母亲的住处看了个究竟。

丁大头的老母亲有70多岁了，看上去还算硬朗，见有陌生人来，一脸茫然地望着我们，陪同的包片干部向她说明了我们的来意，于是老人家开口说：“各位领导，不能怪我儿子，他也是没有能力给我修房子，你们帮帮我吧！”王主任一行在丁大头母亲的房子里外转了几圈，然后说了句“回村部商议”，说完便转身向村部走去。经过商议，考虑到该户的特殊情况，最终我们形成一致的意见：让村里先申报，然后上镇党委会议研究定夺。

时间一天一天过去，转眼临近2019年春节。一天，丁大头夫妻俩忽然出现在村部，只听见他高声嚷嚷：“平时我从不来给村里添麻烦，书记带人看过我老娘的房子都已经半年了，一点动静都没有，我也没来找。春节快到了，我家的情况你们也不是不知道，为何他们有慰问金，我家一分钱都没有，太欺负人了。”我寻着声音下楼，走进服务大厅，只见丁大头夫妻二人坐在长板凳上，妻子一声不吭，只有丁大头在高声嚷嚷，见到我开口就说：“书记你在？

你给我评评理，我就是不服这口气，谢谢你关心我老娘的房子，至今没有动静我也不怪你。快过年了，我这么困难，一分钱都没有说不过去吧？”我安慰他说：“原来是为了慰问金的事情呀！是这样的，经村里研究，2019年慰问金分发给了村里最困难的家庭，目的是帮助这些最困难的家庭过个温暖祥和的春节，以往享受过慰问金的家庭这次可能就没法享受了。你们先回去，我来问问情况再给你答复好吗？”丁大头夫妻二人听见我这番说辞，情绪平静了一些，最后答应回去等消息。送走他俩，折回头询问包片干部具体情况时，得知给丁大头安排的是下一批慰问金，只是迟迟没有收到镇上的消息。我说不管下一批是多少，像丁大头这样特殊的家庭，应该优先考虑才是。最终，我们给他争取到了当年的慰问金。

第二年村里首批危房改造，也如了丁大头和他母亲的心愿。但不曾想，不久后他的家属因为尿毒症并发症去世了，处理完后事的某一日，丁大头出现在我的办公室门口，问了一声：“书记，我可以进来和你聊聊吗？”我急忙说：“欢迎，请进！”多日不见的他消瘦了不少，也憔悴了不少，进门坐定他便开口：“这几个月我都不知道自己是怎么挺过来的……”于是，我从丁大头的嘴里得知：他妻子四个月前因尿毒症引发综合并发症，先是住进了弋矶山医院，后转到南京的医院，先后花费医药费120多万，想尽了所有办法硬是撑到最后，可最终也没有把他的妻子救过来。今天来村里一是询问报销程序，顺便问问包片干部如何申请困难救助，上来和我聊天的目的不是为了其他，只想把心里的感激之情表达一下，他早就知道村里为了照顾他，不仅仅妻子享受了低保，还将他和小女儿一并纳入了低保，现在妻子不在了，他提出把他和小女儿的低保退出来让给真正该享受的人。

我听了他的这一席话，着实吃惊不小，继而又甚感欣慰……

疫情防控一线的坚守

疫情就是命令，防控就是责任。镇上一声令下：封村！长乐27个村民组在村委会指导下，在村民组长的带领下，两天时间封村工作全部完毕。村民的积极响应，显示了群众的智慧：有用农用车堵路的，有用自家轿车堵路的，有用水泥砖和毛竹竿堵路的，有的直接在村口放了棵树。总之，每条村路都被“封堵”得严严实实……

一

沿河组的老李——一位60岁出头的憨厚农民，因前段时间和老伴忙着带孙子，耽搁了自己一亩多地的甘蔗出售。封村的当口，恰逢甘蔗旺销的季节。起初，有村民劝他疫情过后再出村卖，老李怎会舍得放过销售旺季？他不听劝，于是天天出村卖甘蔗。

封村的第三天就有村民三五成群，要么来村里举报，要么打举报电话，说老李出村卖甘蔗这件事。我感觉到了事态的严重性，于是先与老李通了电话。我问：“老李吗？我是大队书记。”老李回答：“邢书记吧！我晓得你。”我说：“现在疫情的形势很严峻，你可知道？”老李回答：“我们这边没有吧？”我说：“疫情防控，人人有责。你外出卖甘蔗，极有可能被传染上，所以大家是关心你爱护你，你不要不当回事。”老李回答道：“有这么严重呀？我会注意的，要么这两天我先避避？”电话里传来“嘟嘟”声，想想还是不放心，当晚我就直奔了老李家。

图为长乐村各村民组自发封村的画面。

老李卖完甘蔗刚回到家中，见我来，笑着迎上来，伸出双手，我说：“非常时期，我俩就不握手了，甘蔗卖得如何？”老李接过话茬：“这段时间甘蔗太好卖了，12元一根，因为货源少，一车子一会儿就卖完了，一天能卖两车，收入大概两三百块钱。书记，我也怕死。这不，为了不把病毒带回村，我是一天三次白酒消毒，口罩不离口，手套不离手，这样还不行吗？”我见老李一脸认真的样子，想了想便说：“老李，我理解你此时的心情，一亩多田的甘蔗，几万块钱的血汗钱，可当前疫情防控形势严峻，关键是如何处理好卖甘蔗与防疫情的关系。”老李认真地盯着我，我继续说：“我建议你每日消毒，口罩不离口，手套不离手，不跑远是关键，就在长乐范围内卖。因为封村了，许多回来过年的人都在家，这也是一股潜在的购买力，不离开长乐村也安全一些，前来举报的百姓也能接受。”老李满口答应：“书记，你这么一说，我就听明白了。我一定按照书记的要求去做，绝不会再给你添乱了，请放心，书记！”

封村快半个月了，老李的甘蔗卖了多少我不清楚，但是再也没有接到群众对他的举报。

二

年初二临近晚饭的时间，村妇女主任来电话说：“书记，有一件重要的事情向你报告。据群众反映，二甲纪有十几个村民春节前曾经返回武汉结工钱，年三十回来的。咋办？”我听罢吸了口凉气，不要说年前十几个人从武汉回来，就是一个人也要掌握准确信息，我立即告诉妇女主任：“你先和二甲纪的村民组长联系核实一下，我明天一早开会布置摸排工作。”

第二天早晨一上班，我就召集了专门会议，研究决定分两个组分赴二甲纪、长乐安两个村民组，一户一户地梳理摸排，查实查准。午饭时间，两组成员陆续回村。信息汇总后得知，二甲纪、长乐安所有曾经在武汉打工的9人中，长乐安的4人已于2019年从武汉去了杭州，并在2019年年底回到了长乐安，而二甲纪的5人2019年年底就从武汉回到了村里，结账是通过微信转账的。原来是虚惊一场！

就在此时，我们接到了上级要求扶贫工作队立刻到岗参与疫情防控的通知，于是扶贫工作队全体队员立即投入防控一线的值班、走访、宣传、矛盾调解等工作中。

三

2014年建档立卡户老王，有门“敲锣打鼓”的手艺。封村第二天，一位朋友来电话说请他去城里一趟，帮忙办白事。老王打电话告诉我说：“当前，政府要求百姓待在家里不要乱跑。我家门前有村里设的卡点，天天宣传，我若是答应了朋友就对不起大队长你，同时也不符合政府的要求，所以我就拒绝了朋友。朋友很诧异，有钱不挣，神经病呀！我回答，现在都什么时候了？疫情这么严重，村子都封了，广播天天宣传，要求大家在家不要外出。我要是此时外出，出了事连累的是大家伙。说完，朋友生气地挂了电话，我晓得这次得罪朋友了……”

四

在封村一周左右的一天上午，村部来了两个人，年长的介绍说自己的儿子今天从合肥回来，陪他来村里登个记。接待的同志详细地登记了有关信息，叮嘱他儿子回家一定要隔离14天，其间有任何问题可以拨打村里热线电话，父子俩满意地离开了。

午饭时分，村里王主任接到村民举报电话，说三方村民组上午回来的年轻人是从云南回来的，请村里立刻派人来处置。吃完午饭，我安排村医务室的宋医生、村书记一并前往三方村民组。根据村民举报的线索，他们很快就找到了回村的那个年轻人，一见面，就是上午主动来村部登记的人。经过仔细询问得知：他在一年前从云南到合肥工作，可以提供供职单位证明。一颗悬着的心终于放下来了。群众发动起来确实是件大好事，可是不了解情况的举报，有时往往会消耗我们不少精力，但是好在万无一失。

五

因为突如其来的疫情，这个春节我基本上是在村里度过的。每天上午下午我都要把27个村民组及村里的三个卡点巡视一遍。每天巡视中，总会有不少村民向我打听南陵和长乐的最新情况，询问还有多久公交班线车能通，啥时生活可以恢复正常，等等。于是我提前做好“功课”，随时随地进行“新闻发布”。

我渐渐地感觉到：现在虽然信息发达，但身边还是存在信息不畅通的问题。封村之后，包片干部更要及时掌握百姓关心的信息，及时为百姓答疑解惑。非常时期，村干部要与群众多交流沟通，不仅能密切关系、融洽感情，而且能让百姓多一份安全感、信任感。

六

封村一周多了，一天上午，沿河组徐组长来电话，语气十分激动，一定要村干部给他个说法，并且要求村领导立刻去沿河一趟。接到电话，我让村书记陪我一起过去看个究竟。

徐组长说的村民老张是位特困供养户，住在沿河村民组。辞别徐组长，我和村书记直接去了老张家。老张中等个头，圆圆的脸，黝黑的皮肤，见到我俩开口说道：“两位书记好！你们给评评理，这些天我一直待在家里，家里菜没了，我这才想起来去长乐安买点菜。刚到村口，就看见徐组长他们几个值班的人在打牌，还没等我开口，徐组长就冲我高喊了一声，没事不要到处跑。我急了，这些天我没出家门一次，这不家里没菜吃了我才想着出门买点菜，你们值班也不能打牌吧？徐组长回答道，我还管起他来了。我更生气了，就说那我想去哪就去哪。就这样，我俩讲呛了，气得我菜也没有去买就回来了。书记，不会是他恶人先告状吧？”我回答他说：“没有，我们过来了解一下情况。正常出去买菜买日用品都是可以的，要戴口罩，但是说话讲道理要心平气和。徐组长在值班点上打牌也是不对的，我已经严肃批评他了，他也认识到了自己的错误。希望在这个特殊时期，大家都能相互理解支持。”老张点头称是。

出了老张的家门刚好在路上遇见了徐组长，我开口便说：“老张是对你值班时间打牌有意见，他表示愿意服从管理，并且全力支持村民组的工作。”徐组长也不好意思地说：“我的态度不好，我要检讨。打牌是我不对，下不为例。请两位书记放心，我一定把沿河的大门看好！”

七

大彭村的老范到村里来找我，说要盖房子。我问他，你有宅基地吗？他回答说“有”。我答应尽快去现场看看，他说这几天不出门，随时都可以。

第二天早饭后，我约上同事一起步行去了大彭村民组。刚进村，老范就招呼我们去他家。我说：“直接去你的宅基地看看。”在老范的指引下，我们来到了老范的老宅基地上，一面听老范介绍，一面四下环视，这时聚集了不少围观群众，我故意提高嗓门说：“不管在不在野生扬子鳄保护区，只要是建房子，首先要来村部汇报，需要联系镇上土地、建设等部门来实地查勘。长乐村地处野生扬子鳄保护区，还需要保护站的同志前来查勘。等上级部门许可了，才能办手续开工。现在危房改造的条件是贫困残疾家庭、低保户、农村分散供养特困人员、建档立卡贫困户，这四类人才符合危房改造条件。农村危房改造资金以农户自筹为主，政府补助为辅。政府补助标准为重建房屋户均2万元，修缮加固户均0.6万元。拟改造农村危房属整体危险（D级）的，应拆除重建；属局部危险（C级）的，应修缮加固。改造建筑面积1至3人控制在40～60平方米以内，且1人户不低于20平方米、2人户不低于30平方米、3人户不低于40平方米，3人以上户人均建筑面积不超过18平方米。”

在场的百姓对我的政策宣传表现出了浓厚兴趣，大家纷纷现场提问，我也一一解答了大家的困惑，受到群众的点赞。

八

封村之后，在全村范围内开展了“一方有难，八方支援”的捐款活动。两三天的时间，村“两委”、驻村扶贫工作队全体党员群众就捐款16000多元。这其中有一群特殊身份的捐款者。

纪敬豪，落弓桥村民组建档立卡户，2019年年底花了6万多元医治腿伤，欠下了一笔不小的债务。听到捐款的号召，他毫不犹豫第一时间送来了50元钱，还捎来一句话：“共产党和工作队平时给我很多的关心和帮助，在这国难当头之时，我应该力所能及地出点力。”

疏长根，柯村村民组建档立卡户，听到捐款号召的当天送来20元捐款。他见到我开口就说：“共产党的政策好，我才过上了好日子。在这非常时期，武汉有难，我理应伸手捐点款表表心意。”

徐道龙，门房徐村民组建档立卡户，捐款消息发布当天，他自己就来村里捐了200元，并且表示，共产党的恩情他一辈子也还不完，国难当头，他应当尽力。

一天时间，长乐村几十户建档立卡户就捐了1000多元。他们曾经为了春节慰问金慰问品的多少而争执不下，此刻，在疫情面前，在国难面前，他们抛下个人得失，把自己能拿出来的都毫无保留的拿了出来。脱贫攻坚，扶贫更应扶志！

九

自从2020年2月5日村里的主要道路封闭设卡以来，两个卡点上值班人员由一名村“两委”成员或驻村扶贫工作队队员外，还配了一名志愿者。为了招募更多群众志愿者参与“封村值守，保家平安”的志愿服务活动中来，村里利用村广播、微信群、QQ群等载体发布招募信息，很快就有一百余名长乐党员、村民组长、大学生和群众报名。

那段时间，我的电话时常响起，往往都是报名参加志愿服务活动的。一位村民打来电话说：“书记，我想让女儿参与志愿者值班工作，可行？”我说：“当然可以了。招募的初衷就是想让更多的长乐人参与进来，人多力量大，共同抗击疫情，迎接胜利！”还有一位近60岁的女性村民打电话向我咨询：“我想献血，帮助需要的病人康复，怎样才能实现？”我回复她：“要到县里春谷南路的血站去献血。”她说：“好的，那我先报名值班可行？”我立刻回答说：“当然可以，热烈欢迎！”

一位在外读大四的长乐学子给我微信上留言：“书记好！谢谢你能给我提供这次为家乡服务的机会。通过短短一天的亲身体会，才了解到你们的辛苦。能为长乐村出一份力，我很荣幸！”

寄语4月28日

三年前的这一天，
主动请缨把己添，
蚊虫叮咬渐习惯，
立志脱贫克艰难。

春夏秋冬每一天，
村委队员齐心担，
党建扶贫不怠慢，
三管齐下促发展。

当年脱贫跨困坎，
又给贫员实惠感，
双水治理百姓安，
低保公平民心欢。

创出长乐特色滩，
绿色发展记心间，

乡村振兴抓紧干，
一千多天齐登攀。

想方设法把路探，
村级经济年年蹿，
路通灯亮环境换，
长乐明天定灿烂。

2017年4月28日，我主动报名参加驻村扶贫工作。三年多来，强班子、带队伍，充分发挥党建引领作用，长乐村综合工作排名快速进入全镇先进行列；由于保护野生扬子鳄对长乐经济发展有一定的制约，我想方设法实现村集体收入“零”的突破，村集体收入20万元/年。村出列，户脱贫，全村贫困人口发生率一直保持为“零”。经过动态排查和不懈努力，村里的11户边缘家庭也全都远离了贫穷的威胁。

图为作者与野生扬子鳄“交流”的画面。

三年里，全村沟渠疏通23余公里，清淤32口当家塘，重建新建6座抗旱站，重修4处水利设施；改造自来水，优化地下管网累计20余公里，提前完成贫困村安全饮水达标任务；清理违规低保人员76人，新纳低保人员48人，道路硬化、主路绿化、厕所改造、光纤延伸、电网改造等一批民生工程陆续建成。注册“长乐鳄”地理商标，涉及稻米、食品、饲料、皮革、玩具、休闲六大类，为乡村振兴持续助力。

2020年年初疫情突袭，大年初三我主动带队到村上岗，在全面做好防疫工作的同时，着力为困难群众排忧解难，提前谋划扶贫基地复工、村民春耕生产，为脱贫攻坚的最后胜利而奋力拼搏！

后　记

《花开的声音——一位扶贫队长的工作手记》即将正式出版，恰逢脱贫攻坚圆满收官。作为见证者和参与者的我，内心除了喜悦，还涌生出一丝成就感。一千多天的驻村扶贫一线生活，起初是因为“好奇”，随笔写下几句，之后时常有感而发，便将扶贫工作中的所见所闻、所思所悟记录下来。不曾想，日积月累居然集成一部书稿。

正如习近平总书记在全国脱贫攻坚总结表彰大会上所说：“人民是真正的英雄，激励人民群众自力更生、艰苦奋斗的内生动力，对人民群众创造自己的美好生活至关重要。只要我们始终坚持为了人民、依靠人民，尊重人民群众主体地位和首创精神，把人民群众中蕴藏着的智慧和力量充分激发出来，就一定能够不断创造出更多令人刮目相看的人间奇迹！”在驻村扶贫工作期间，承蒙扶贫工作队队员和村“两委”同志的配合支持，长乐村的脱贫攻坚工作才取得如此骄人的成绩。承蒙各位朋友的关心、关爱和关注，才有了《花开的声音——一位扶贫队长的工作手记》的顺利出版。除此之外，心里始终不变的是对父母亲和爱人的感恩。

此书谨献给“扶友”们！

辛丑年二月于缘雨斋